우리 시대 현대시조 100인선 98

뒤틀린 굴렁쇠 되어

정 휘 립

태학사

우리 시대 현대시조 100인선 98

뒤틀린 굴렁쇠 되어

초판 인쇄 2006년 7월 4일 • 초판 발행 2006년 7월 7일 • 지은이 정휘립 • 펴낸이 지현구 • 펴낸곳 태학사 • 주소 경기도 파주시 교하읍 문발리 파주출판도시 498-8 • 전화 (031) 955-7580(代) • 팩스 (031) 955-0910 • e-mail thaehak4@chol.com • http://www.태학사.com • 등록 제406-2006-00008호

ISBN 89-5966-085-X 04810 • ISBN 89-7626-507-6 (세트)

ⓒ 정휘립, 2006
값 6,000 원

☞ 저자와의 협의하에 인지를 생략합니다.
☞ 파본은 구입한 곳이나 본사에서 바꾸어 드립니다.

신춘문예 당선 무렵, 심사위원 장순하 선생님과 함께

최근 호주 시드니의 한 행사장에서 가족과 함께

어느 시상식장에서 초등학교 은사이신 아동문학가 서재균 선생님과 함께

제21회 중앙시조대상 시상식에서 심사위원 및 수상자들과 함께

차례

제1부 선인장

제3부 황등리 채석장에서

제4부 폐원(廢苑)에서

제1부 선인장

선인장

1
동면의 먼 웃목에
모여든 서늘한 이름.

아무도 말이 없이
가는 눈을 부라려 봐도,

열사(熱沙)의 외침소리는
가시로나 돋아날 뿐…

2
어둠은 몇 겹 추위로
각질처럼 굳어 오고,

목 잠긴 창유리 금으로
새어나는 잔명(殘命)의 향기.

핏발 선 허공의 더듬이는
허기처럼 번득인다.

(『중앙일보』 1991년 11월 3일)

동진강 · 1
— 새벽 나루터에서

밤은 종적도 없이
마른 강을 건너갔다.

삭풍이 쇠사슬처럼
철컹이며 감겨 오아,

밤새껏 피어오르다
꽃잎 지는 봉홧불.

횃불도 썰물 거슬러
고함치듯 몰려들었다.

들불이 기다리던
바람 끝내 오지 않고,

정적만 사그라들다가
된서리로 피어났다.

재는 식지 못한 채
불티나마 흩날리는데,

타다만 논배미 끝,
쑥밭 위로 열리는 땅.

아침이 출렁거리며
황토길을 달려온다.

(『自由文學』 1992년 가을호)

동진강 · 2
— 하구 갯벌에서

돛줄이 얼어붙어도
손마디는 굵어 갔다.

이물에 감아두었던
징소리를 밤새 풀어내며

억세게 광대뼈 내밀고
둑길에 선 몽당솔들.

일월(日月)이 바뀌어도
밀물은 들지 않고

깃발도 뜨지 않아
술렁이는 갈대밭 아래,

갯벌은 갈라터지며
백골처럼 눈부신데…

땅 끝을 그러모으며
몸살이 울컥 인다.

갑판바닥 이음새마다
녹물로 번지는 한기,

새벽은 부대끼다 못해
닻줄 먼저 올렸다.

(『自由文學』 1993년 가을호)

동진강 · 3
— 가뭄의 끝

고개를돌리지마라, 고철처럼버려진대지,
모가지잘려나간채처박힌벼포기들,
뿌리째쳐들고누워, 감지못한흰자위들…

벌건흙가루속을짧은날개파닥거리다
구린내쉰내짠내다풍기고해가지는데,
벌판에말라붙으며꾸물꾸물강이온다

얼굴을가리지말라, 역광이눈부셔도,
좁은샛강비집으며먹장구름질러오면,
고목(枯木)도, 한줄기번개속을, 비비틀며일어서라.

(『전라시조』 제11집, 1994년)

동진강 · 4
— 어느 지어미의 넋두리

삐딱한 문짝 틈으로 눈보라 기어들어 허천난 갈매기 떼모냥 오두막 온 방안을 난리치고 있는디 말여,

아이고 아이고 눈물도 바싹 마른 곡소리가 쪽머리 풀어낸 눈송이맹키로 낮은 하늘 질척이며 갯가를 허우적이는디, 시방 애비도 자식놈도 워디서 뭘 헌당가. 나 혼자만 질긴 목숨 부지험시롱 이 눔의 징헌 시상 워치케 살라고. 아이고, 화상들아, 낭중에 눈구멍에 흙이 들어갈망정, 헐 소리는 혀고 살아얄 것 아녀? 늬들은 웬 헐 말이 그리도 없능가. 아직꺼정 강물 먹줄기럴 틀어막은 만석보(萬石洑)는 꿈쩍도 않는디, 들바람이 뻣뻣허게 말라붙는디. 아이고, 작살난 이 지에미 맴 속은 내동 부글거리고, 밤새며 다지고 또 다져도 차지 않는 풍문은 물 빠진 강허리럴 굵은 뿌리 옭아매듯 죄어 오는디. 에이구, 해마다 이맘때면 이 들녘 한구석에서 모닥불 홀로 가물가물거리는디.

아들아,

동구 밖이 지 아무리 껌껌허다 혀도, 불잉걸 불끈 높
이고 스스로 막 타올라야 허는 것이여,
　바람 한텡이 없어도, 잉?

(『전북문단』 제27집, 1998년)

동진강 · 5
— 김종직에게

흙탕물 불어나고 별자리가 바뀌었다.
둥지도 갈대숲도 어데론가 휩쓸려 갔는데,
물새는 맞바람 맞으며 물살 위로 솟는다.

(『開花』 제8집, 1999년)

동진강 · 6
── 최형(崔兄)에게

최형은 여기서도 갑상선을 끙끙 앓았다.
누런 팬티차림으로 갯가를 누비면서
벌건 눈 허연 입술로 새 그물을 쳐댔다.
충혈된 붕어들이 살 뜯긴 채 걸려 나오고,
우글우글 황소개구리, 마대를 가득 채우면,
당겨 든 그물코마다 아가미가 걸려든 강.
껍질이 깨지면서 우렁이는 둑을 기어올랐다.
나는 덜덜 떨며, 웅웅 우는 전선 밑에 서서,
찢어진 쪽대를 들고 삭풍 속에 불러 봐도…
물 빠진 개천 뻘을 허리까지 푹푹 빠지며
깨진 농약병 조각에 발바닥 베이면서도,
최형은 갑상선 항진 탓에 돌아올 줄 몰랐다.

(『現代詩』 2001년 4월호)

새재[鳥嶺] 관문에서

운평선(雲平線) 언저리에 포말 이는 역풍자락,
겹겹 멧뚱들처럼 회한이 혹 맺혀 오면,
성벽도 그냥 무너질 수 없어 용머리를 트는구나.

가파른 벼랑가슴을 먹구름은 치달아가고
나즈막한 묏등으로 뇌성이 자주 일어도,
서슬찬 바람결마다 묻어나는 함성소리.

고된 그림자마저 흐르는 물에 깎이우고
가는[細] 시냇바람에 시달려 앙상한 노송,
벼락에 그을린 채로 반천 년을 서 있다.

(『自由文學』 1992년 가을호)

백로의 아침

1

연무(煙霧)에 잠든 도시,
지병으로 천변에 서면,

전주천(全州川) 청동 빛 아침,
하늘을 날 수 없구나.

불현듯 고개를 쳐들다
칼깃 아래 다시 묻고……

2

바람이 부려 놓고 간
헌 목숨들 쓸어 모아도

선잠 어둠 살(煞)이
담처럼 결려 온다.

상처에 딱지 내리듯

눈꺼풀에 젖는 숙취……

3
허옇게 갈증에 절어
하천은 바닥을 긴다.

매캐한 연기가닥
신음하듯 틀어 오르면,

적막을 구겨 던지며
퍼덕이는 타종소리……

(『自由文學』 1992년 가을호)

오죽(烏竹)

1

시절은 종작없어도 돌밭에서 잔뼈가 굵었다.
서늘한 모기둥마다 댓잎 그림자 꽂혀들면,
삼엄한 정적을 타고 날개 뻗는 먼동의 놀.

2

몇 년째 식전마다 욱씬욱씬 속이 쓰려와
볕뉘도 제대로 없이 비탈에 선 아버지 —
누더기 밀짚모자 아래 눈 그늘은 더욱 깊다.

3

피침형(披針形) 잎새들로 안개 결을 잘라 엮으며
대청의 묵은 송판에 얽혀 드는 뿌리마디,
전신이 어둠에 절어도 그 숨결은 맑게 인다.

(『自由文學』 1992년 가을호)

흙빛 눈사람

1
공간을 잘게 부수며
달아나는 눈보라 속으로

비탈진 돌자갈밭을
선 굵은 얼굴로 서면,

내허(內虛)도 깃발이 되어
향방 없이 일어섰다.

2
햇살은 달군 철망처럼
촘촘히 죄어 온다.

벌건 눈자위로
깨어나는 겨울 텃새

두어 줌 흙뭉치를 딛고
긴 활개를 젓는다.

(『自由文學』 1993년 봄·여름 합본호)

겨울, 객사(客舍) 앞에서

1

빈 대청 바라보면 사방이 막혀 온다.
두드리고 흔들어도 버티던 대문의 침묵,
녹 슬은 문고리들만 밤새도록 딸깍거렸다.

2

용마루 그믐달이 흙벽처럼 육탈(肉脫)되고,
나목들이 물소리 찾아 굴뚝 밑을 숨어들면,
들보에 켜를 지으며 쌓여 가는 흙먼지.

3

밤새들 울던 자리는 흔적도 남지 않았다.
섬돌을 디뎌 봐도 설 데 없는 마루 위로,
빈 방을 채울 게 있을까, 방 문짝이 쓰러진다.

4

들창가 호롱 하나 불 피운 적 아득해도,
풍패지관(豊沛之館) 옛 호령이 심지 끝에 이글거리면,

휜칠한 기왓골 위로 진땀 돋듯 별이 뜬다.

(『전라일보』 1993년 5월)

신지도(薪智島)의 밤

꿈은 파도가 되어 고된 잠을 밤새 부수고,
출항에 들뜬 목선을 비바람이 잡아 흔들 때,
포구의 세찬 빗발 아래 삭은 닻이 서 있었다.

멀미를 이기지 못해 도지는 유배의 상처.
내쫓기듯 떠나온 뭍은 아직도 법썩들인데,
지난 날 끊긴 뱃길이 모래톱에 철썩인다.

낯선 길처마다 비늘들이 허옇게 떠 있고,
차창에 얼룩진 여독을 입김 불어 닦아 보면,
네 발로 제방에 매달린 채 역류하는 섬의 시간.

이마에 흘러내린 새벽을 쓸어 올린다.
무릎에서 옹이를 빼내며 곧추서는 난바다의 안개.
저 달도 절벽 끝에서 풍토병을 앓는다.

(『전라시조』 제10집, 1993년)

객사석등(客舍石燈)

1

귓등에 서걱이는 폐허 아래 석등 그늘,
힘꼴깨나 부렸던 점등부(點燈夫)의 젊은 날이
휘감긴 번개꼴 금에 끄슬린 채 물려있다.

2

입김을 호호 불며 꺼진 불씨 뒤적이다,
마주친 불혹의 나이, 거울 속에 걸어 놓고,
검버섯 범잔둥무늬를 손톱으로 긁어 본다.

3

꽉 잠긴 우리 목은 언제쯤 트이려나.
날은 자꾸 저물어 어스름도 무거운 어깨,
일기는 예측할 수 없이 불순하여 고단하다.

4

액화된 두통들이 팔뚝까지 송글거려도,
열꽃 핀 낯을 가리며 저녁 깊이 포복해든

심지를 헤집어 내어 성냥불을 댕겼다.

(『가람문학』 제14집, 1993년)

앵무새의 새벽

1

눈 뜨면 쇠창살이 이마를 찍어 누르고,
비마저 오는 날엔 둥지 밖을 나가기 싫어,
죽지에 얼굴을 묻고 허물처럼 흐느꼈다.

2

한밤중 밀렵꾼들에 정글은 쑥밭이 되고,
우린 울부짖으며 포획을 저항했지…
흰 코뼈 굽은 어깨가 날 흐리면 쑤시는데

3

사료에 절은 날개, 관절마다 뻐근하다.
부은 눈 침침해오고, 습관뿐인 교미행위.
아내는 멍청하게도 무정란만 낳았다.

4

천정에 매달려 연명하는 삶이 어떤 건지 아무리 말해
줘도,

새장에서 태어나 자란 아내는 전혀 알아듣지 못한다.
하물며 가린 듯 툭 트인 우리네 땅 밀림이랴.

5

치솟아 날고 날아도 거침없던 숲의 새벽이
무성한 밤비 털며 눈앞을 일어선다.
투명한 어린 새들도 따라 날며 우짖는다…

(『시조문학』 1993년 겨울호)

남문비가(南門悲歌)

1

동네 아이들이 삭풍에 연을 띄우고 띄워
침몰하던 저 태양을 끌어 올릴 때, 나는 보았다.
성문 벽 기어오르다 얼어붙은 담쟁이를.

2

부성(府城)엔 불티 날리며 쇠붙이 부딪히는 소리,
덩덩덩 채색깃발, 기운 드센 말울음소리.
키 낮은 하늘이래도 쳐든 잎이 시퍼렇다.

3

붉은 묏줄기는 밀려오다 주저앉고,
넘어진 두리기둥에 내 얼굴도 잇깔리는데,
치솟는 불길을 뚫고 북소리로 뜨는 연들.

4

적막 속 목울음은 풀어내도 되감긴다.
살 맞은 장군의 앙당문 입, 치켜뜬 눈,

도처에 목 쉰 외침이 죽근(竹根)처럼 뻗고 있다.

(『전라시조』 제11집, 1994년)

아버지의 횡적(橫笛)

1

대물린 야맹증을 색안경처럼 추스려 쓰고,
문드러진 피리 문양(文樣)에 숨겨진 곡조를 찾아
두 귀는 마른 갯가를 밤새도록 헤맸다.

2

촉감이 이마 끝에 터질 듯 부어오른다.
구멍마다 쟁인 소리, 손끝에 알알 맺힐 때,
달빛을 빗어 올리며 달려드는 낙화(落花)들.

3

저건 무슨 음향일까, 눈 먼 나를 현혹시키는,
기이한 여우 울음, 밤 짐승 눈빛같이,
웅크린 수풀 속에서 선명하게 노려보는.

4

재 날려 고공으로 육감까지 투망질하여
때깔 구기지 않는 가락 하나 포획할 수 있다면…

아들은 머리를 들며, 말 없던 눈, 번쩍 떴다.

(『전라시조』 제13집, 1995년)

고부 들판에서

1

허새비 이마 끝에서 그나마 노을도 꺼졌다.
날은 적막으로 구겨진 채 앙탈을 하고
내 시(詩)는 밤새 펄럭이다 누더기가 되었다.

2

논물이 기압에 눌려 바닥까지 말라붙었다.
단 한숨의 깊음도 없이 설잠 속을 쏘다니다
뿌리는 눈마저 멀어 황토 깊이 가라앉고……

3

와장창 풍물소리가 어지러이 돌아 나온다.
무너진 논길 끝에서 가까스로 눈을 들면
일제히 고개를 쳐드는 이삭들이 보인다.

(『열린시조』 1996년 겨울 창간호)

우야(雨夜)

바람은 행려병(行旅病)을 앓으며 떠나갔소.
내 가는 귀 솔아대던 그대의 속삭임이
내 팔뚝 힘줄을 타고 오한처럼 펄떡이오.
산수화 먹물 끝에 어슴어슴 그대 비치면,
뜨락에서 사느랗게 일어서는 빗소리들.
벼루도 풍덩한 가슴 출렁이며 다가앉으오.

손가락 굳은살의 긴 잠끼를 털어내며,
얼룩진 화선지 안, 그 물켜진 여백 끝에,
맑게 빈, 사막의 선을, 멀리 그어 보았소.
은하는 귀 떨어진 낙관 곁에 수몰되고,
옛집 모기둥 밑에서 찾아낸 여백 저 깊이,
상큼히 비린 난 한 포기 쳐 올리고, 붓을, 떨구오.

(『時調韓國』 1998년 겨울 창간호)

해후(邂逅)

그이는 어느 골짝 안개 속에 있는 걸까.
우리는 이 산골까지 찾아 와 그만 지쳤고,
퇴락한 봉분(封墳)더미 곁에 억새처럼 쓰러졌네.

아련한 지난 시절이 영상처럼 흘러오는데…
어느 날 행길 따라 삼엄한 함거의 행렬,
피 묻은 봉두난발이 칼을 쓴 채 실려 가네.
우리들 여윈 낯에 절어 있는 그늘 따라,
둥둥둥 북소리 함성소리 말발굽소리,
쇠붙이 부딪히는 소리, 흐드러진 비명소리…
빛바랜 산수화 같은 저 계곡 뫼 중턱에
한 획 붓칠처럼 시름없이 걸려 있는 길,
갓 도포 흰 두루마기가 나귀 타고 산에 드네.

남루한 아낙네와 아이가 여기 왔는데,
그이는 어느 골짝 구름 속에 있는 걸까.
묏똥길 스산한 풀김이 묏부리를 휘감네.

(『開花』 제11집, 2002년)

제2부 부활을 위하여

부활을 위하여 · 1

누가 부르는 걸까, 습기에 무른 나의 잠을.
홀로 밤새워 피다 꽃들이 어둠을 먹고
연못은 얇은 목숨으로 저 깊은 하늘이 된다.

귀먹은 시간으로 남은 밤은 벼랑 오르고
줄 끊긴 연들처럼 비석이 퍼져 내릴 때,
오, 나는 먼 산 장승이 되어 험한 산세로 무너진다.

누가 부르는 걸까, 석관(石棺)의 금간 틈으로,
이끼로 드러나며 돌풍에 삭는 달빛을,
꿈 속의 그 굳은 잠에서 걷어 올린 내 수의(壽衣)를.

물살에 젖은 언어, 까만 역사로 떠오르고,
물 삐는 우물 속을 차오르는 저 달이여,
섬돌에 촛불 켜둔 채 나는 왜 떨리는 걸까.

(『전라시조』 제9집, 1992년)

부활을 위하여 · 2

나는 누구였던가, 말끔히 뜯긴 정적의 술기,
저 달도 그 그믐을 다 이루지 못한 채로,
산하에 부서져 내리며 제 얼굴을 헐어낸다.

결곡한 철조망은 줄곧 뻗어 벽을 가르고
그 안을 벌겋게 맺혀 일그러진 반도(半島)의 이마,
한밤에 촉수를 키워 냉광(冷光)으로 비춰보면,

그대 저걸 보아라, 차마 피지 못하는 꽃들,
제 어둠을 연신 삼키며 퍼렇게 빛나는 눈들,
한 마리 시조새가 되어 치날으는 옛 통곡들을.

오오, 아우성이는 바람 끝 푸른 시간들,
제 시반(屍班)을 떼어내며 일어서는 아침노래,
동굴 속 석순(石筍)으로 돋는 저 빛살은 무엇일까.

(『전라시조』 제9집, 1992년)

부활을 위하여 · 3

나를 부르는 걸까, 시즙(屍汁) 영롱한 눈망울로,
종이꽃 너후러진 저 상여길 굽이굽이
백련(白蓮)도 두 눈 감으며 바닥 아래 움츠리는데,

야사(野史)는 뜰을 내려와 풀처럼 엎드려 운다.
무너진 월대(月臺) 너머 숙취처럼 황사가 일어,
못 참아 부르는 걸까, 엎질러진 나의 비가(悲歌)를.

모래시계 허연 공동(空洞)에 갇혀 있는 목숨 몇 개.
두어 번 망설이다 너울지는 기억 속으로,
숨이여, 허황될망정 긴 갈기를 흩날려라.

나를 부르는 걸까, 자정의 파도소리,
먼 산맥 헤매느라 더디 오는 이 땅의 우뢰,
돌벽에 석문(石紋) 한 줄기 없이 괴어드는 골안개를.

(『전라시조』 제9집, 1992년)

뒤틀린 굴렁쇠 되어
— 뫼비우스의 띠·1

태초의 저 광야를
굴렁쇠가 굴러 간다
외짝 수레바퀴
뒤틀린 굴렁쇠
한 잔 술 저녁 노을에
비틀비틀 굴러 간다

나는 배, 너는 등
엇바뀌어 돌아가면
꽃 피고 새가 울고
서리 치고 눈 내리고
숙명의 음양(陰陽)이 되어
굴렁쇠가 굴러 간다

시작도 끝도 없는
하나도 둘도 아닌
우리는 뫼비우스의
어찌 못할 띠라 해도

목덜미 멍에를 벗고
날아볼 날 없을까

(『조선일보』 1993년 1월 5일)

'98 뒤틀린 굴렁쇠 되어
— 뫼비우스의 띠 · 2

1

철길도따라도네, 뒤뚱이며굴러가네.
두줄기뻗은선로, 하나처럼겹쳐보여도,
우리는눈보라속을따로따로가야하네.

2

서로가만난적도만날날도만무하되,
물과불의사이에서삼인칭은될수없네.
그대는반면(反面)이면서못난나의반면(半面)인걸.

3

허(虛)와실(實)따지지말자, 저광야끝날까지
맞물리는흙한줌에서로고이섞어들어야,
뒤틀린굴렁쇠나마굴러갈수있으리니—

(『時調韓國』 1998년 겨울 창간호)

종소리 별사(別辭) · 1

이제 떠나도 좋다, 벗이여, 철문 열고서,
삭발머리 우글거리는 신고(辛苦)의 독방들 지나,
기둥을 두 팔로 밀며 쭉쭉 뻗는 빛이 되라.

벌건 상처투성이 담벽의 살 타는 냄새.
맷돌소리 엉켜 붙은 상처껍질 툭툭 터치며,
웅크린 팔과 어깨살에 깃털들이 돋아난다.

부셔도 눈을 감지 마라, 날개 짓 연습하며,
침묵의 몸뚱이를 안고 선 저 종루 위로
결박된 신음소리 털고, 휙, 휙, 튀어 오르라.

가거라, 가서 메아리를 껴입어도 좋으니,
온누리 어디까지든 중천을 선회해가며
저 아래 끄슬린 잿더미 결코 잊지 말아라.

(『文學春秋』 1993년 겨울호)

종소리 별사(別辭) · 2

이제 떠날 수 있다, 가슴에 묻은 흙 털고,
꽃시샘 고추바람이 매서운 이 환우기 끝을
열 지어 나오는 새들처럼, 오, 우리는 풀려난다.

돌아본 나의 감방은 촉수 낮은 전구 달구며,
현 끊긴 악기처럼 검은 연기 내품느니,
두 손목 포승줄이야 불탄 삼실 끊듯 하자.

벽을 벗어난 등이 철책 너머 둥실 떠오를 때,
불길 범람하는 도회지의 어깨 짚고
태양도 가슴에 꽂힌 화살을 뽑아내며 꿈틀인다.

진 빠져 서글픈 적막, 떨치고 날아가자.
나무들이 키 다투며 시야로 달려든다.
산하도 눈 아래 발밑을 부챗살로 번진다.

(『현대시조』 1993년 겨울호)

어느 날벌레를 위한 허물 연습

1

여름날 황토밭에서 내가 죽는 꿈을 꾸었다.
두껍고 푸른 환(環)들이 빙빙 돌며 목을 감아 와도,
도리어 숨은 막히지 않고 무지개만 맴돌았다.

2

팔을 아무리 저어도 전진을 허용치 않던,
그런, 점액질, 또는, 물 속 같기도 한 벽(壁),
영롱한 그 유리면으로 빨려들었다, 오, 나는.

3

돌연, 눈이 부셨다, 숨도 턱턱 막혔다.
맑고 큰 허공 한 장이 낙석(落石)처럼 나를 덮치고,
내 몸은 허우적이며 둥둥 높이 떠올랐다.

(『전라시조』 제12집, 1994년)

미명(未明)의 방(房)

아직도 곤한 잠이 나의 진지한 업(業)일 때,
성큼성큼 다가서는 새벽 향해 으르렁거리다
안개는 조간신문처럼 대문 밑을 쿵쿵거렸다.

어제가 우리 생애를 또 한 뼘 당겨 놓고,
내일로 갈 신발들을 질근질근 물어뜯으며,
여전히 우리의 정사(情事)가 분분한 방을 기웃거리
면…

멀리서, 캥캥소리 빵빵소리 삐익 호각소리,
뛰는 소리 고함소리 엔진소리 우르르 몰려와,
부엌의, 늘 비어 있는, 밥그릇을 뒤적인다.

그리움 반가움은, 아, 언제적 느낌이던가.
삭은 기와지붕이 조각달을 치켜들면,
기차도 목청 가다듬어 잡견처럼 짖어댄다.

안개는 비릿한 숨 헐떡이며 컹컹거리다,

성긴 목털 부르르 떨며 사타구니를 슬쩍 핥는다.
아직도 고달픈 잠이 어린 처의 업(業)일 때.

(『시조문학』 1997년 겨울호)

출근

또 한 번 가까스로 도시는 밤을 넘겼어.
뒷목에서 숙성하여 발효되는 어제의 피로,
늦잠은 침 자국으로 입술 가에 얼룩지고,

밥상에 엎드려 자다 속 쓰림에 잠을 깼지.
찬장을 다 뒤져도 계란 하나 남은 게 없어,
간장 푼 냉수 한 사발로 내 불혹을 때웠어.

밤새 뒤통수를 빠져 달아난 꿈을 뒤쫓아
은빛 새치 하나하나 물안개에 뽑아 날리며,
교각도 강둑을 향해 물굽이로 일어섰어.

도시 한복판을 강물은 허연 거품뿐이고,
인력시장 뒷골목에 철썩대는 하루살이 떼.
곳곳에 감기를 뿌리며 환절기가 다가왔어.

(『동방문학』 1998년 4월호)

그대에게로 가는 마지막 비상구

이루 셀 수 없는 밤을 가위에 눌려 지냈다.
기나긴 용틀임 끝에, 비릿한 알몸이 붕 뜨자,
웬 빛이 부나비야! 하며 내 여린 팔을 잡아끌었다.

후미진 시립박물관 목조계단 비상구 구석,
쿨룩이는 민화(民畵) 곁에 내 등신을 버려두고,
뒷골목 반딧불처럼 팔랑팔랑 날려 갔다.

하수구 빠져나온 달동네 달그림자,
비포장 길 차량들에 깔렸다 툴툴 일어서면,
시야에 저항도 없이 도회지가 포착되고

우마차 바퀴자국 파인 데로 말라붙은 하늘,
밤비 한 줄기면 지느러미 휘저으며
풋풋한 황톳물 속을 펄펄 살아 뛸 텐데…

퇴락한 성좌에서 언덕 위로 떨어진 별이
문어발로 엉켜드는 시가지를 뿌리치며

창랑(滄浪)한 목청소리로 호이호이 날 부른다.

나래를 더욱 저으면, 눈귀가 문득 열리고,
벌판을 열어 제키며 활짝 피는, 아, 눈부신 들불!
그렇게 밝고 큰 꽃인데도 전혀 뜨겁지 않았다…

(『열린시조』 1998년 여름호)

귀휴(歸休)

비는 제 가슴 긁으며, 내린다, 거친 숨으로,
수몰된 들녘의 잠 발기발기 찢어내다,
수상한 나그네의 뒤를 쿵쿵 맡고, 또 오른다.

몇 해 전 죽었다던 적송은 아직 서 있는데,
비석 곁 퇴비더미에서 품어나는 흰 김 속을,
개 하나 매서운 눈매로 모르는 척 지나가고

담 밑을 움츠린 채 기어가는 마른 철쭉들.
동네 개 짖는 소리에 한 바퀴 쫓겨 날다,
텃새는 축축 젖은 채 제 자리로 내린다.

퍼렇게 멍물이 든 한쪽 눈 치켜뜨며
태양은 잠꼬대하는 집터를 뒤돌아본다.
먼 숲이 첨벙거리며 애면글면 달아난다.

짧은 머리털 위로 철창처럼 비는 다시 내리고,
푸른 물 배어나는 손목에 날카로운 소문들.

샛길은 보따리 들며 가쁜 숨을 몰아쉰다.

(『현대시조』 1999년 가을호)

새
— 말목장터에서

무너진 빈 마당을 돌멩이가 굴러갔다.
불 꺼진 삼거리로 노을이 달아나 숨고
가지 끝 녹슨 새장처럼 하늘귀가 뚫려 있다
힘찬 네 비상 앞을 가품은 계절도 없어,
넌 그저 깃털더미로, 가는 발 오므린 채,
논바닥 한 쪽 개울가에 저녁처럼 말라붙고…

저 가지 뼈대에서 네 울음 새어 나온다.
높다란 횃불무리들, 강물을 뒹그는 태양,
싯푸른 그 겨울 속으로 눈빛 하나 치달린다.
잎 지는 강가 따라 빗물 속 처형이 있고,
엄한 얼굴 표정으로 칼날이 뒤틀린다.
헐벗은 감나무 위로 새 한 마리 날은다…

(『時調文學』1999년 겨울호)

별리(別離) · 1
— 오리정(五里亭)에서

장승도 날멩이에서 눈보라를 탁탁 턴다
비탈 밭 수숫대들은 쳐진 죽지 떼어내며
쓰러진 원두막으로 몰려들어 시위한다
몇 리도 가지 못해 허탄하게 주저앉는 길
전신주가 전선 쳐들어 구름을 체질하면
분분히 내 가슴을 훑는 진눈깨비 눈초리들…

우르르 논밭들이 골짜기로 굴러 떨어진다
끊긴 묏똥길이 마른 뒷목 희끗 보이며
물안개 저편 언덕을 활강하듯 넘어 간다
세기(世紀)는 잿길에서 옷고름 풀어뜨리고
맨바람의 무르팍으로 하염없이 떠나간다
흐릿한 그대 뒷모습이 내 시야를 잡아챈다…

(『현대시조』 2000년 봄호)

별리(別離) · 2
— 꽃잎에게

가렴, 장작불처럼 화사하게, 뒤안 지나 묏부리 너머
저 먼 들녘으로,
　다신 만나지 못할 터이기에, 내 못내 햇살 따라 흔들
거리지만,
　오, 나는 네 뒷모습으로 끝내 흐뭇하리라

네가 그 어딘가에서 내 안으로 불똥처럼 튕겨와 내
살과 뼈를 헤집고 돋아났을 때,
　언젠가는, 알지 못할 먼 데로, 널 훌쩍 떠나보낼 줄
알고 있었느니,
　내 모든 가지들마다 어찌 너를 잊으리

네가 시린 꽃샘눈발에 하나하나 뜯겨가다, 아, 마침내
떼 지어 우수수 날려 가버렸을 때,
　나도 가지마다 붉은 진 송송 뿜으며, 입술을 질끈 깨
물었느니,
　자, 가렴, 네 열매 쳐들고 나는 끝내 서리라

(『현대시조』 2001년 겨울호)

선잠
― 저녁 무렵의 방랑

퍼런 빛 모래사장 흔들의자 등받이 너머
줄 끊긴 커텐처럼 낙일이 출렁거리고,
내 잠은 바둥거리며 파도 끝을 말아 드네.
저무는 바다보다 더 괴이한 노래는 없네.
불면의 무릎 사이로 슬금슬금 드나드는 꿈.
돌섬은 땅거미 들추어 꽃게 하나 잡아드네.
잠 없이 꿈꿀 수는 없을까를 늘 꿈꾸었네.
옆으로 기어가며 실눈 뜨는 바람의 집게발,
뱃길은 아직도 멀어 등 배낭을 치켜드네.

(『시조시학』 2000년 가을호)

겨울 지리산, 그 동편제 · 1
— 입산

산굽이 돌고 돌아 첩첩 이어진 창법(唱法).
한 발짝 올라서면 두 발짝 미끄러지고,
홀연히 빙벽줄기도 일어서서 덮쳐 왔다.

숨 가쁜 사설들이 눈보라로 엄습하는데,
뒤를 돌아보면 쓰디쓴 소금기둥들.
속이 빈 푸석얼음처럼 네 얼굴이 무너진다.

휘모리 멍에상처가 터질 듯 충혈 되면,
이마와 등 가슴에 튀어나온 용수철처럼
눈앞을 검고도 길게 빠져 가는 너의 혼불.

감칠 듯 장단 타고 너덜바위 넘어 선다.
아, 굵은 통점(痛點)처럼 산소 하나 돋아 있어,
운해(雲海)는 까마득하게 네 울음을 펴놓았다.

(『시조 21』 2002년 하반기호)

겨울 지리산, 그 동편제 · 2
— 하산

산이여 잘 있거라, 네 품은 넓고 그윽했다.
가파른 시절 끝을 어차피 길 없이 떠난 길,
막판엔 실폭포 되어 뚝 떨어진 내 목청들…

한 목 눈사태 속을 능선 타고 밤은 이어졌다.
너와 내가 뒤엉키던 순면(純綿) 같은 숫눈 위로
귀성(鬼聲)도 오목누비인양 골 사이를 누벼갔다.

새로이 눈 내린다, 얼어붙은 눈썹털에,
덩이진 진눈깨비가 퍼렇게 달라붙는다,
곡절(曲節)을 숫돌에 갈아 날 치켜든 노래처럼.

협곡이 눈을 들며 낮은 구름 잡아챈다.
열 두 마당 엮어 내리듯 내몰리며 하산하는 길.
소리는 천 길 만 길로 벼랑 끝을 흐른다.

(『시조 21』 2002년 하반기호)

옛집, 빈방에서

난잎이 바람결에 일어서며 속삭인다,
빈 대청 구석마다 달빛이 피어나구요,
꽃대는 올해 해갈이로 목덜미가 무겁지요.
이슬에 깃이 돋는다, 뻥 뚫린 흙벽 뒤로,
별빛 쏘인 꽃잎처럼 바람이 뚝뚝 꺾이고,
난촉은 이른 분갈이로 발목들이 허전하다.
서리가, 깨진 창에 이겨 바른 꽃무늬들.
메마른 한기에 쫓겨 꽃봉오리 탁 벌어지면,
허공이 꽃대를 딛고 엉거주춤 일어선다.

(『시조세계』 2005년 여름호)

새장의 문은 열리고

창밖 낙엽진 뜰을 된서리가 비척거린다.
한 번 펴보지 못한, 칼깃 잘린 내 날개가
유리창 액정화면에 흰 연처럼 떠 있는 날,

환자복 그 아이는 새장 문을 딸각거린다.
아이가 원하는 게 뭔지 나는 잘 알고 있지.
허나 난 저 하늘의 무게를 이기지 못할 것 같아…

아이의 빈 모이통 같은 얼굴을 봐서는,
저 단단한 하늘 위로 몸을 훌쩍 날리고 싶지만,
허공은 너무나 투명한, 진공 같은 벼랑일 뿐.

방문은 닫혔어도, 창문은 열려 있는데,
까맣게 땀 밴 이마의 광목띠처럼 풀어진 채,
둥지 앞 가는 횃대에 아직 나는 앉아 있다.

(『시조세계』 2005년 여름호)

제3부 황등리 채석장에서

만경강변에서
— 탐석기(探石記)·1

그대 본 적 없으리, 시퍼런, 돌의 눈동자,
광섬유 방전 치듯 진눈깨비 뿌려대며
가파른 강굽이마다 서려나는 흐느낌을.

쓰러진 풍경들에 비린 추위 달여 먹인 뒤,
물살의 등을 찢고 태어난 썰물 바닥에서
구멍 난 돌멩이 몇 개 주워 들고 나는 간다.

오, 그대 본 적 없으리, 풍수(風水)의 싸늘한 기(氣),
동공 안 눈물 속에 도사린 시생(始生)의 힘,
분신(分身)을 거듭하면서 굵어지는 저 눈발을.

(『時調文藝』 제24집, 1994년)

황등리 채석장에서
— 탐석기(探石記) · 2

1

폐쇄된 꿈길에서 정소리 망치소리,
둔탁한 통증으로 온 신경을 뜯어[彈] 오면
석물(石物)은 슬슬 일어서서 수면을 딛듯 춤추었다.

2

눈 벌건 사내들이 남포질로 달려든다.
시원(始原)도 발파되면서 돌먼지에 휩쓸리는데,
질척한 기억 뒤편에 자리 트는 속상처들.

3

착암기 자국들을 사지에 뒤집어 쓴 채
폐석(廢石)들이 누군가를 목청껏 불러 찾는다.
석공은 서둘러 와도 소문 곁에 쓰러질 뿐.

4

화독(火毒)을 떼어 던지며 절룩이는 화강암들.
네 발로 서서 버티다 누런 앞니 드러내며,

하늘이 일그러지도록 물어뜯어 덤볐다.

(『文脈』 제4집, 1995년)

모래에 관하여
— 탐석기(探石記)·3

이봐, 그런 부류는 두 손으론 잡기 어려워, 물기 먹어
치우듯 용케 도망치거든. 구름도 디딛는 순간, 꿀꺽 삼
켜 버리지.

건들면 내장 뱉으며 도망치는 척하다가, 거미처럼 촉
수 뻗어 주변 풍경을 낼름 들이키지, 야무진 어느 손길
이 와서 움켜 빚을 때까진.

설령 잡는다 해도 죽이긴 더 어려우이. 흰 뼈 빻아 체
로 쳐서 마구 섞어 날려 봐도, 동해안 파도로 되살아나
껄껄대며 웃는다네.

햇볕을 사포에 갈아 식은 땀 적서 뿌리면, 착시(錯視)
에 포착되는 괴물과 공룡의 나라. 미세히 붕괴로 이룩된
사막이사 아름답지.

(『전라시조』 제16집, 1996년)

오석(烏石) 다듬기
— 탐석기(探石記)·4

자는 걸 깨워내듯, 죽은 걸 살려내듯,
정 끝에서 띵 울리는 망치의 감(感)을 추려낼 것.
상대는, 차갑고 시커먼, 빛덩이임을, 잊지 말 것.

알껍질 털어내고 두루미 떼 훨훨 날리며
호피(虎皮)무늬 가슴으로 온 천하를 호령하는 돌.
한 평생 으르릉거린들 그런 원석(原石)을 어디 구하랴.

돌 속의 저 공간들을, 갈고, 뚫고, 부숴, 채워야,
얽은 낯의 무늬들과 주름들을 우려내는 걸.
줄기찬 마모 끝에서야 훤히 열리는 눈빛인 걸.

손길로 주무르듯, 눈길로 얼러내듯,
똘똘 뭉쳐 꼬이는 구도는 파헤쳐 놓을 것.
형체를, 버려야 할 것, 그 생기를, 빚어낼 것.

(『시조세계』 2002년 겨울호)

우리들의 탈 또는 얼굴·1
— 탈춤을 마치고

알몸의 취발이는 수치도 벗고 놀았다.
풀잎 앙가슴으로 하늘 한껏 안겨들어
주위에 초롱초롱히 떠오르던 눈망울들.

심화(心火)로 맺힌 멍은 신명으로 풀어야 하리.
꽃물도 한 뭉치씩 잔불 따라 삭아내려
흥겹던 낮 춤판에는 그림자만 남아 돈다.

구겨진 장삼자락에 잔기침 사위어 들고,
벌판이 지평선 끼고 주렴(珠簾)으로 다가앉으면,
철새 떼 끼룩거리며 그믐달에 잠겨든다.

(『自由文學』 1992년 가을호)

우리들의 탈 또는 얼굴 · 2
— 밤나들이

살바람 끊이질 않아 인적이 끊긴 거리.
헐벗은 관목(灌木)들은 등껍질을 마저 벗고
철조망 서리에 묻힌 채 숨죽이며 울었다.

천역(賤役)의 몸뚱이로 젖은 불을 댕기는 탈,
투명한 육신 쓰고 삽짝 문을 들어서면,
어둠은 불길 속에서 제 얼굴을 벼려낸다.

덩더쿵 어깨 털고 더덩더꿍 고개 들면,
암실(暗室) 벽이 파동 치며 불 그림자 토해내고,
응달진 고샅길에서 솟구치는 추임새들.

알찬 신바람이 어얼씨구 드세진다.
암팡진 빛살 쏘며 내려앉던 별들의 몸짓,
줄줄이 북장단을 끼고 동녘 길로 나선다.

(『서울신문』 1994년 1월 5일)

우리들의 탈 또는 얼굴 · 3
— 말뚝이에 관한 명상

때로 표정과 심정은 마주 선 두 거울이지.
가면(假面) 그 안팎으로 그늘과 빛 섞어 거르며
끝없이 서로 비쳐내다 삼경에야 하나 되는.

사람 속에 묻혀들면 이름 없는 풍물 되고,
홀로 앞에 나서서, 탈을 쓰면, 아, 춤이 되네,
한밤중 무대도 없는 마당귀의 신명이 되네.

모닥불 날름이는 그 사납고 기괴한 면상.
앉았다 일어서며 훌쩍 뛰어 팔을 제키면,
잘려난 우리네 팔뚝이 조명처럼 쭉쭉 뻗네.

주름은 웃음으로 이 땅의 울음 다 드러내고
수염은 울음으로 하늘의 웃음 다 털어내네.
잿불도 불잉걸 되어 더덩덩실 피어나네.

(『나래』 제52집, 1994년)

우리들의 탈 또는 얼굴 · 4
— 놀이의 정석(定石)

야, 늬는 양반 놈들 풍류로만 날 새고 말테냐?
네거리 주모 생각에 두 다리 휘청거리니,
나팔귀 펄러덕거리며 어디 휘젓고 다녀볼까.

어허, 큰 코줄기 뭉툭스레 내세웠다, 왜?
이 가난 보릿고개 오갈든 가뭄더위에 축 늘어졌을지
언정, 한 번 끙 힘썼다 허면, 불끈불끈 성나는 게 고추
쩔다 높이 쳐든 박달나무 절구대요, 백두산 장백폭포 솟
구치는 우뚝바위요, 한라산 백록담벽 곧추서는 막오름인
걸.
이 동네 저 마을의 논다니 요조숙녀 속치마 몇 군단
이 개침 질질 흘리며 두 눈알 핑그르르 앞 다퉈 달려들
었다가, 종내는 어근버근 요실금 찔끔이며 내 두 다리
밑살 속을 자빠지고 엎어지며 뒹글어 달아나는 것을, 어
험,
네 이 놈! 이 말뚝이님 앞을, 감히 언놈이 훼살놓는고!

천한 놈 재주 따위야 박제된 채 처박혔어도,

저 산천 저 궁창을 휘어이 꿰차 날으는
맹금의 시퍼런 기상이 어찌 남의 것일쏘냐.

치켜뜬 두 눈망울 부리부리 희번덕이며,
한 쪽 입꼬리일랑 얄쭉얄쭉 찢어 제키고 머리 터진
벙거지라 질긴 목끈 꽉 졸라매고, 네거리 큰길마다 무장
포졸 삼엄해도, 동네방네 꼬맹이들 아낙네 남정네 할멈
할아범 남사당 걸립패 장똘뱅이 각설이패 다 모시고 거
느리고,
살만 남은 헌 부채로 제 궁뎅이 탁탁 치며, 다른 손으
론 딸기코 말장수놈 말채 뺏어 휘두르며, 워워 저자거리
한복판을 활활 뜨겁게 누비시는데, 아, 네거리 주모가
백주대낮부터 별 오만 추파로 날 꼬시는데,
야! 늬는 양놈 사설로만 날밤새고 말테냐?

(『시조시학』 2000년 가을호)

우리들의 탈 또는 얼굴 · 5
— 생활의 발견

여봐라, 어서 모다들 모닥불 한껏 피워라.
풍월이 어디 정해진 놈들의 운치더냐.
별빛에 철철 젖으며 마당 먼저 들썩인다.

촌에서 소여물이나 퍼주며 사는 게 싫어,
새벽에 도망친 우리, 꼭 그래야 했을까 싶다만,
우리네 소락빽이는 울림 없는 울음이어라.
분칠로 가린 주름에 눈물 땀 얼룩지면,
시커멓게 드러나는, 마마 얽은 낯짝이어도,
설움이 잦아들지 않는 육자배기이어라.

여봐라, 어서 모다들 장단이나 맞추어라.
풍류가 어디 정해진 자식들의 풍취더냐.
달빛이 철철 넘쳐와 행길 먼저 출싹댄다.

(『시조세계』 2001년 가을호)

우리들의 탈 또는 얼굴 · 6
― IMF/ 겨울나기

뜨내기 정사(情事) 뒤로 땀방울만 몰려다녔다
갓 깨진 가로등 아래 그 겨울밤을 살아남은 건,
다리 밑 움막 거적 속에서 나누었던 풋사랑뿐…

(『시조세계』 2001년 가을호)

우리들의 탈 또는 얼굴 · 7
— 유랑을 위하여

1

눈길에 너울너울 걸려드는 숲길 어스름.
은근한 잡초 내음 쌉쌀하여 눈 귀 따갑고,
갈 길을 가늠할 수 없어 뒤만 돌아보았네.

2

눈밭 속 절룩이며 온 길은 흑백일 뿐.
봄꽃 하나 피지 않는 맨발의 길 먼지 속으로
나 이제 돌아보지 않고 앞만 보고 가려네.

(『서정과 현실』 2004년 가을호)

우리들의 탈 또는 얼굴·8
— 노숙지(露宿地)에서

에헴, 이리 오너라, 잘나 터진 네 족보 좀 보자.
내, 오른손 장대 들어, 지는 해도 꽂아 세우거늘,
천지에 왕후장상의 씨가 어데 따로 있다더냐.

늬네들 삽 괭이에 내 초옥이 용케 헐렸어도,
몇 사발 막걸리로 놀음은 흥에 겹거늘,
내 생전 밤길 쏘다닌 게 하루 이틀이더냐.

양반 놈 놀음 짓에 고단한 등 더욱 휘고
시큼한 담배내만 내 폐를 삭히는데,
여편네, 입가에 시름 물고, 조는 모습 가관이다.

어험, 저리 가거라, 잘나 터진 네 이력(履歷) 좀 보자.
내, 왼손 잠자리채로, 뜨는 달도 잡아채거늘,
동서에 명문대가의 씨가 어데 따로 있다더냐.

(『가람시조』 2005년 창간호)

목송(目送)
― 흐린날, 우리는한젊은이의상여를떠나보냈다.

그대, 왜돌아보는가, 목잘린장승곁에서.
신작로먼지바람에으흐흐사지떨다가,
만종은허연꽃잎위로나비처럼팔랑인다.

눈발희끗거리는교정의빈깃대에
퍼런심줄처럼북소리가칭칭감기고,
졸가지드문잎새마다그대목소리올올날린다.

그만, 어서가라, 떠오르는비둘기떼따라,
침엽수가슴가득휘날리는만장(輓章)들있어,
불타는병조각들처럼눈초리를번득인다.

그대는트인들너머, 아, 고개를넘어간다.
날궂은시절내내그눈매가눌길없어도,
외길은미동도없이도래솔을휘돈다.

(『月刊文學』 1996년 7월호)

구미호(九尾狐)
―백지에 관하여·1

1

　이놈은허연갈기휘날리는요물이다. 소금을타들어가는
숯토막불꽃처럼, 이놈은퍼런눈알굴리며나의추격을비웃
는다.

　아무리뒤쫓아도나는금방난시(亂視)가된다.
　놈의두눈빛이혼불처럼허공속을오르락내리락떠도는데,
폭포소리화염소리연기냄새내뿜으며둔갑술부리는놈,
　아, 나는, 이놈을쫓다가, 한평생을다보냈다.

2

　이놈은허연백발휘날리는구미호다. 독기품은지네처럼
내꿈까지파먹고들어와, 선불을꽝꽝놓아도, 피흘리며덤벼
든다.

　나는경황이없다. 파란주머니를힘껏던진다.
　강물이범람해도놈은사뭇건너온다. 노란주머니를획던
진다. 놈이가시덤불에엉켜든다. 빨간주머니를던진다. 놈

이불길에 휩싸인다. 시방나는빈손으로아찔하게오금저린다.

　아, 나는, 이놈에쫓기다, 한평생을다보냈다.

　3

　악! 저, 저놈이, 잿더미에서, 이, 일어난다. 시커멓게그
을린, 배, 백여우한마리가, 은은히고개를쳐들며, 누, 눈웃
음을흘린다……

　(『현대시조』 1999년 가을호)

도해(渡海)
— 백지에 관하여 · 2

더 크게 돛을 내걸고 이 해협을 건너가자.
홍, 발동이 걸리는 건, 누군가 해도(海圖) 깊이,
암호로 입력시켜 놓은 새 항로의 불안이군.
돛대는 굳은 지 오랜 제 발목을 연신 주무르고,
손 뻗으면 달아나는 이어도의 어디선가
푸드득 닻줄 끊으며 바닷새가 튀고 있다.
투박한 손끝으로 연필심을 눌러 찍은
얼굴 살 땅겨 가는 먼 바다의 소실점에서
섬들은 오랜 허기처럼 수평선을 세워든다.
폭풍이 구름 뒤에서 손가락 꺾는 소리.
구릿빛 기압들이 파도를 난산해도,
엔진은 힘찬 외침을 두 팔 가득 쏟아낸다.
우리네 가슴보다 큰 돛으로 대양(大洋)에 나서자.
안개와 유령선과 해적선과 암초에 대하여.
신대륙 그 벅찬 세계와 시 한 편을 위하여.

(『月刊文學』 2001년 7월호)

빈 깃대 앞에서

큼직한 참나무 숲이 늬 가슴에 무너진다.
잘린 통나무들은 산판(山坂) 길을 널브러지며
잔설에 녹슨 도끼날이 묻히는 걸 보았다.
늬가 꼿꼿이 서서 떠받들던 저 하늘은
송이째 계곡으로 시들어 구겨지고,
올곧은 허허벌판이 늬 뼈대에 감겨든다.
서러운 소리결이 펄럭이며 급류에 쓸린다.
때 엮은 목재처럼 헐벗은 꿈 휘날리며
깃발은 검은 기름띠 따라 얼음 속을 흘러오고,
물살을 걷어차며 섬 하나 까부는 나루터,
밀물 때도 차오르지 않는 개펄가 웅덩이마다
뒤틀린 물고기들이 허연 배로 퍼덕인다.
미명(未明)을 무대 막처럼 맨손으로 걷어 올리면,
늬가 허공에 띄운 망가진 뗏목 한 척,
가만히 뱃머리를 돌려 내 가슴에 와 닿는다.

(『열린시조』 2000년 봄호)

풀씨
― 어머니의 고향집/ 하룻밤

유년은 어디서나 돋아나 덤벼들었다
풀꽃처럼 뛰어들며 내 젖살을 뭉클 움켜쥐면
파르르, 나는 치를 떨며, 치마 쥔 손에 맥이 풀렸다
쓰러진 풀꽃대궁을 오후가 끌어안을 무렵,
폐쇄된 측후소의 풍향계가 돌기 시작했다
혜성은 저녁 하늘가를 홀어미처럼 지나갔다

연기 몇 가닥이 아직도 비비 꼬여 있다
매운 눈 문지르며 풀씨는 부엌을 나와
내 꿈에 장작토막처럼 반달 하나 던져 넣고,
한 줌 달빛을 뻗치며 밤하늘로 떠다녔다
이불을 걷어차는 아들처럼 이빨을 갈며
내 가슴 황토밭으로 마구 파고 들었다

(『시조시학』 2000년 가을호)

미행(尾行) · 1

멈추고 귀 기울이면, 발소리도 가만 끊긴다.
발걸음을 가만 떼면 다시 흐르는 긴장의 기류.
누굴까, 내 뒤를 밟는 건, 이 야심한 시각마다.

휘익, 뒤돌아보면, 내 시야를 찰랑 적신다,
화들짝 제풀에 놀라 돌아앉는 낙엽 사이로
달 그늘 뒤집어쓰고 돋아 있는 압정들이…

슬쩍 손전등 끄며 적막 속을 잰걸음 쳐도,
끝까지 따라 붙는 신원미상의 저 검은 그림자.
내게서 뭘 눈치챈 걸까, 초침(秒針)같은 저 눈빛은.

골목이 녹록치 않게 내 앞길을 버텨 선다.
생(生)이란 이유도 없이 철사처럼 얽혀드는 법,
원고지 빈 칸 어둠처럼 끈적이며 덤비는 법.

(『유심』 2002년 여름호)

미행(尾行) · 2

간혹, 손전등 불이 내 안경을 잡아챈다.
이마 가린 내 손등을 차갑게 치고 가는 빛,
여자는 총총걸음으로 골목 속을 사라진다.

꺼칠한 표정으로 몸살 앓는 야경처럼,
전봇대 뒤 숨긴 어깨에 실려 오는 의혹의 무게.
며칠째 뒤를 밟아도 단서 하나 못 건졌다.

도시는 늘 어디론가 숨지만 그 무엇인가로,
저 갓길에 남아 있다, 그 체취의 흔적을 좇아,
머리칼 풀어헤치며 곤두서는 예감 몇 개.

퍼렇게 언 입술에 추적은 늘 허기져도,
헝클어진 시상(詩想)들을 갈퀴질로 긁어 올리며,
외투 깃 부쩍 세우고, 삼경 깊이 뛰어든다.

(『유심』 2002년 여름호)

뿌리의 소리

나를 해바라기라 더는 부르지 마라
상체가 비굴한 안면 애타게 쳐들면서
태양을 섭리처럼 알고 정신없이 떠받들 때,
난 정작 보이지 않는 물줄기로 암행하며
이왕에 비틀린 체형 더 열심히 뒤틀었느니,
땅속을 파고드는 것도 그와 같은 순리이리

하향(下向)의 의지 없이 상향이 있을성싶더냐
엄연한 지층 속으로 누빈 삶을 어찌 후회하랴
꽃대의 부단한 향일(向日)은 또 다른 예속인 걸
꽃 열매 바라지 않고 계절을 가리지 않느니,
내 한 줌 고독의 전율로 반짝이다 사라질지언정,
더는 날 해바라기라 부르지를 말거라

(『정신과 표현』 2002년 9, 10월호)

제4부 폐원(廢苑)에서

폐원(廢苑)에서

1

저 눈[眼]은 파충류처럼 쉬이 죽을 듯 싶지 않다.
제 몸을 잘라내며 꿈꾸듯 앓던 고열로
자다가 다시 일어나 시계(視界) 밖을 떠도는 돌.

2

아, 나는 아직도 배내옷 벗지 못하고
자갈뿐인 회한의 집터에 버려져 길을 잃었다,
누워야 구를 줄 아는, 태엽 끊긴 시간 속에서.

3

우리는 왜 이 곳에 왔는가, 먼 후손이 되어,
선사(先史) 깊이 퇴적된 잠과 꿈의 경련으로
바람 끝 온갖 신음들 우듬지에 스산한데…

4

저 눈[雪]은 수장(水葬)된 지 오랜 꽃잎을 띄워 날린다.
결정체만 남기고 모두 매설해버린 욕망,

명맥이 허리를 틀며 손끝마다 돋는다.

(『중앙일보』 1994년 1월 4일)

봄은

1

멍울진철쭉꽃이다, 탁뱉은가래침이다, 싯누런금강하구
까지닻줄에질질끌려갔다가, 또다시삼사오월이면거슬
러오르는 암초다.

2

아빠의실종이다, 변변한유언도없이, 수십번까무러져눈
이풀려도죽지를않는, 우리네배고픔이다, 핍박이다, 빈
곤이다.

3

엄마의가출이다, 버젓한정절도없이, 황사속을쏘다니다
종적감춘누이들처럼, 무덤을찾을수도없고찾지도못한
죄악이다.

4

산길에마구싸버린검붉은정액이다, 짓푸른그늘만을뜯
어먹으며또한시절을난, 그렇다, 그모든부재(不在)에도
나의봄은핏덩이다.

5

줄기찬오줌발이다, 웩토해낸낮술이다, 내내늘어진채욕
질매질에이골났다가도, 또다시사오륙월이면발기하는
물건이다.

(『열린시조』 1996년 겨울 창간호)

흰 사발에 관한 명상 · 1
― 우물가 사발은 말라 있었다.

흰 뼈를 드러내며 불길이 낄낄거린다.
거친 손바닥으로 추려낸 사금파리들이
싱싱한 불티의 깃을 턴다, 타오른다, 싸운다.

두승산 그믐달이 텃새처럼 허연 물 속을
퍼덕이면, 오메, 보인다, 남의 땅만 평생 뒤적이다,
파묻힐 제 땅도 없이 끌려가던 작은 사내가.

그 헤진 사진 조각을 씹어대는 불빛들에
소나무도 성큼 보인다, 잘린 생솔가지마다,
목숨을 똘똘 맺혀내며 눈 부라린 송진들이.

사발은 관솔불을 공중에 길길이 퍼내며
신음 섞인 욕설들로 싸운다, 타오른다.
지아비 굵은 얼굴이 허허 웃는다, 흩날린다.

(『열린시조』 1996년 겨울 창간호)

흰 사발에 관한 명상 · 2
— 고부 삼거리에서

아들놈 쩍쩍 갈라진 손등에 밴 핏발처럼
눈가를 파고들던 황급한 발자국소리,
꺼멓게 내 낯을 핥으며 아궁이 불 일렁인다.

수천 나비떼인 양 나부끼며 별들이 진다.
내 발치에 어지러이 떨어져, 튄다, 깨진다.
격렬한 도리깨질이 뒤통수에 일어선다.

담 너머 쫓기던 달이 꾸웅 넘어지는 소리,
그이가 다다른 곳은 아, 막다른 골목이었다.
불티가 뼛조각처럼 튄다, 낄낄댄다, 노려본다.

시퍼런 혓바늘이 어둠의 날을 세워든다.
아슬히 목숨 하나 붙여 매단 산정(山頂)의 별이,
벽 아래 쪼그려 숨는다, 내 무릎에 안겨든다.

(『開花』 제8집, 1999년)

억새는 칼춤처럼

1

젖가슴, 속뼈깊이, 후벼들던서북풍에, 뜯겨나간꽃대궁
이북채처럼잡혀오면, 짤막한혀뿌리밑에서퐁퐁솟는소
리가락—

흙들이소리를하네, 어설픈북장단도없이, 뿌리들은제영
혼을해체했다짜맞추며, 저땅속, 눈먼, 물소리로, 내귓
바퀴를, 갉아대네.

2

시호(時乎)시호, 이내時乎, 부재래지(不再來之), 시호
로다.

(우린못내물값못내, 이것저것다뜯기고보리톨하나없어,
절대못내물값못내) 이죽창저몽댕이, 만세일지(萬世一
之)장부(丈夫)로서, 쳐든낫칼넌즛들어아니쓰고무엇하
리. 호호망망(浩浩茫茫)넓은천지칼노래한곡조를시호
시호불러내어일월마다불러내어일진광풍희롱하리. (우

린못내물값못내절대못내물값못내)

어얼싸, 바람이분다, 오만년지(五萬年之)시호로다

3
설익은목숨으로탈바가지튀쳐나와,　사물놀이거적쓰고
길둑따라휘적거리면, 도저(到底)한어둠의사위에깔려돋
는칼춤들.

키를발돋음하며쇠북이둥둥거리네. 대궁끝뿌연꽃씨들
툭툭터쳐흩날리며, 가파른하늘먹살을잡아뜯어오르네.

(『열린시조』 1998년 여름호)

벽
— 거미에 관한 초고(草稿)

내잠을흩뜨리며치솟는저건뭘까?
날개짓푸득임이엉키는지풀리는지,
흰벽에무리지어도는, 날짐승의선회들—

새들이촛농위에방울지며떨어지네.
현기증이얼레처럼내의식을감아들면,
안경알일그러뜨리며파고드는, 저, 초, 촛불!

허튼꿈파편들이불꽃속을몰려드네.
묘한색감(色感)번져내며잡힐듯감도는상(像)!
낯짝을찡그려쳐들며, 거미하나, 내, 내리네.

(『時調韓國』 1998년 겨울 창간호)

까마귀떼
— 1999년 12월 31일 저녁에

황혼을선회하며울어대는새무리들.
긴발로경중경중건너온타종(打鐘)소리가
섬칫한그대의기별을수화기깊이전했다.
만장(輓章)이전화선타고펄럭펄럭돌아다니며,
귓밥때늘어붙은종각(鐘閣)의귓구멍에,
느끼한도시의권태를마약처럼부어넣고…

쪼개진구름아래꽃상여띄우던행길은
밤도낮도아닌어스름을비집어들며
차창밖텅빈산자락에감겨들고있었다.
한덩이검은깃털의기도(祈禱)떼가철교를간다.
빨간조화(造花)움켜쥔채, 12월달력방방밟으며,
마른강옆구리에끼여, 또한세기끌려간다

(『가람시조』 2005년 창간호)

살별

매끈한알몸으로소줏병은품에안기며
삐죽내민주둥이로내입술을더듬더니
긴혀를낼름거리어내목젖을막빨아대.
그강한흡입력에나는순간발사되고,
뒷목제비초리까지병속으로빨려드는데,
저아래떨어져나가는내사지(四肢)가막울어대.

천정을유영(遊泳)하는무중력의어두운잠,
젓가락장단에풀린내동공의전구빛속으로
텅빈채껍질로떠도는내우주복이저기보여.
술병은입맞다시며내빈속을빤히들여다봐.
병바닥에펼쳐깔리는개펄너머흰파도위로,
궤도를쭉쭉벗어나는장똘뱅이별이보여.

(『열린시조』 2000년 겨울호)

마른 가랑잎의 노래

1

갈래진 삭정이에 조각달이 꽉 물렸다.

난 그저 매달린 채 끝마친 생 부여잡고 하염없이 기
다린다. 적막을 무등태우고 오후를 건너 온 찬 공기가
내 이마를 톡톡 쏜다. 현기증 속으로, 붕 떠올라 떨어지
며 부서졌다 조립되는 지상 풍경들. 왠지 낯설고 두려운
나이의 숲가를 배회하던 내 이름이 끝내 땅바닥에 나뒹
근다. 오로지 어두운 수풀뿐이던 내 시야에, 마지막 남
은 성욕의 초록빛을 부리며,

마음 속 흐린 가지들이 절로 탁탁 부러졌다.

2

초분(草墳)의 뼈마디로 삭아 내린 늦가을 바람,
그 흙빛 가슴뼈 하나 주워들고 입에 대어 본다.
허옇게 알몸을 보이며 달아나는 피리소리 …

3
난 시방 끼니 거르며 부화를 기다리는 중이다

내 입김에 낮은 코끝이 추억처럼 시려 온다. 미세한
기척에도 엄살떠는 길섶의 고요. 어스름의 앞가슴을 후
두둑 뜯어내며 유두처럼 튀어 나온 겨울새 두 마리. 새
벽놀이 커피처럼 감감히 녹아든다. 눈부신 서릿길에 검
은 발자국을 찍어가던 별 하나가 손 들어 내 마른 이마
를 힘껏 당겼다 놓으면,

낮달이, 갈래진 새총 가지 끝에서,
팽, 팅기어 날아간다 …

(『열린시조』 2000년 겨울호)

초면

1.

치마는 동정(童貞)처럼
흰 파도를 순간 일렁거렸다
투망 같은 네 미소가
바다를 걷어 올리며
검붉은 수평선 안쪽에
꽉 채우는 꽃노을…

2

아득한 길을 보이며
너는 내게 허구(虛構)로 왔다
희미한 웃음 한 쪽으로
해변을 텅 비워 놓고
내 안에, 적막의 섬 하나,
꽃잎처럼 띄웠다.

(『現代詩』 2001년 4월호)

황쏘가리

달은 금비늘도 없이 강물 속을 헤어갔다.
물때 낀 조약돌을 닿는 대로 걷어차며
때로는 그믐도 되면서 두 팔 한껏 저었다.
물풀들 뒤꼍에서 노리는 음험한 미끼.
낚싯줄 사방으로 뻗어 가는 저문 날에도,
아는 건 가는 길밖에 모르는 것, 단지 그뿐.

물은 지느러미 없이 달 속으로 나아갔다.
은백색 비린 모래 딛는 대로 미끄러지며
때로는 범람도 하면서 두 발 한껏 내디뎠다.
눈망울 침침해오면 질러보는 소락빽이.
가슴께가 결려 오는 악취와 거품에도,
아는 건 저 앞길밖에 안보는 것, 오직 그뿐.

(『月刊文學』 2001년 7월호)

호우주의보(豪雨注意報)

강은 진공관처럼 간 부위가 부어 오름.
도시는 한뎃잠 냉기와 하초의 색기(色氣)에 절고,
폐기된 기상도 안쪽에 저기압이 돋아남.

위조된 신분증처럼 수상쩍은 가랑비는,
발기된 채 끄덕이는 퇴락한 나무전봇대 아래,
힘없는 누런 오줌발을 적적하게 풀어냄.

몇 달째 발정 중인 고갯길 지하 여장군이
고갯길 모가지를 잡아채고 행패 부림.
배코 친 장승 머리통이 슬그머니 접근 중임.

주술처럼 번져 오는 옥빛 안개 꼭꼭 씹으며, 불안정한
대기 속으로 초침 번득이는 역전 벽시계의 자정 무렵,
　속어와 외래어를 발굴해 잔뜩 쌓아 놓은 지하철 공사
판 같은 원고지 네모 칸들 속에서, 짝이 맞지 않는 근대
의 철자와 중세의 의미들이 현대 모국어의 떼교접을 벌
이고 있음.

가을은 그 언제부터인지
먹먹한 이명(耳鳴) 떨칠 길 없음.

길다란 종소리로 도시의 귀를 후비는 종각.
구식 스피커로 라디오가 막 핏대를 올림.
망막이 터질 듯 부풀고 장대비가 막 쏟아짐.

(『정신과 표현』 2001년 9, 10월호)

매(梅)
— 봄에게

차라리 뜨거웠다, 눈부신 저 눈발은…

샤워 온수처럼 톡톡 쏘아대는 눈송이의 따가움에 내 몸은 온통 맨살이다. 허연 입춘, 외줄기 들길 가에, 오, 나는 꽁꽁 곱은 손가락들 뻗어 올리며, 울컥 이는 더운 김으로 벌겋게 부어 오른 한 그루 매화나무이고자 한다.

시야 덮은 저 눈보라 속 어딘가, 너 홀로 외다리로 서서 날 기다리고 있음을 알기에, 난 그저 한없이 서 있지만 않으련다. 널 기꺼이 찾아 나서련다. 푸른 햇살 찬란한 설레임으로 내 손끝에 뾪쪽뾪쪽 돋는 꽃눈망울들을 몇 아름씩 늬게 안겨주마.

너 역시 그 뜨거운 품을
아직 열고 있으라.

(『열린시조』 2002년 봄호)

나방

아, 뭘까,
저물녘마다, 꼭꼭접힌어둠을펴면서,

일제히간판쳐드는유곽의좁은거리를포르르빠져나와,
다리잘린풍뎅이처럼몸뚱이를바둥대며깜박이는가로등아
래, 철망속의개들이짖는소리와일박을흥정하는나그네의
사투리에뒤엉켜엷은은박지마냥한참을빠삭거리더니, 어
제의일력(日曆)이뜯겨나간광장쪽으로끈풀어진별빛들을
쓸어모은다음, 진한내출혈같은그리움에얹어새벽까지별
자리를띄워날리는그어느음력유월밤내내, 누군가근시의
눈알들이짐짓놓친불꽃을끝내찾아내어,

대낮의내목조사원(木造寺院)을살라먹는
저날것은.

(『현대시』 2002년 5월호)

아내의 잠

잠은 헛소리들로, 기운 자국 투성이였다.
작업복 타진 가랭이 퀴퀴한 체취 내부에
서너 푼 추억의 이[蝨]들을 꿈결같이 기르고,
선창가 먼지바람이 순찰 도는 시골 읍에
겨울의 흰 눈썹을 뽑아내며 싸락눈 오면,
아비의 쉰 기침에서 건져 올린 새치 몇 개.
고향은 섬 갯벌에 발이 빠진 아이처럼
허우적거리다, 길가에 나앉아 울기도 하다가,
빈약한 엄마 젖살 위에서 쌕쌕 눈을 감는다.
햇살로 점점이 녹는 비닐창 서리꽃에
아침이 제 이마를 하염없이 찧고 있는데,
그 잠은 얼마나 깊은지 바닥에 발이 닿지 않는다.
가위눌린 파도소리가 빈 이물을 가득 차오르면,
급기야 사다리를 헛디디는 소스라침과 함께,
아내는 심해 속에서 떠오르는 닻을 본다.

(『현대시』 2002년 5월호)

길
— 그 어느 생일에

외길, 몇 집 안 남은, 고향을 그냥 지나쳤다.
내 나이를 이 미래까지 밀어놓은 바람에 실려,
행길은 내 발치에서 늘 갈랫길이었다.

잊지 않기로 한 약속은 잊혀가고
잊기로 한 얼굴들은 잊혀지길 거부하는데,
내 길은 자갈 틈에서 싹이 트고 자라났다.

비가 익룡처럼 원시의 세월을 누빈다.
나는 한 마리 먹이로 덜덜 떨며 숨어 다니고,
샛길이 수상한 낮으로 내 발목을 잡아챈다.

물길, 자취도 없는, 그 섬을 그냥 지나갔다.
내 이름을 이 내일까지 떨구고 간 파도에 밀려,
먼 길이 도화선처럼 명치끝을 타든다.

(『문학사상』 2002년 8월호)

춘란소묘(春蘭素描)
— 폐광길에서

흙먼지 뒤집어 쓴 풀포기의 벌건 노근(露根)이
구겨진 제 그림자 가슴께를 탁탁 털면,
저탄장(貯炭場) 하얀 눈밭으로 새 발자국이 쏟아졌다.
굴뚝이 풀밭 헤치며 겹눈을 두리번거린다.
희멀건 개울바닥에 맨머리 처박으며
바람은 꽃대도 없이 입춘 끝을 말라붙고,
녹슨 철사줄이 수풀 아래 포복해간다.
불에 탄 깡통들이 제풀에 텅텅 울리자,
묏길도 눈발을 튕기며 빳빳하게 일어선다.

(중앙일보 2003년 4월 30일)

122

날 개
— 그리운 깃털

시를 쓰면서부터 새삼 깨닫게 되었다
행간이 제 품안에 칼날을 숨겨두고 있음을
그 마다 낯선 모국어가 쿡쿡 꽂혀 있었다
빈혈의 원고지에 내 입김을 방생하면
모눈마다 뛰쳐나와 덤벼드는 날 선 칼날들…
알몸과 주먹만으로는 쓸 수 없음을 느꼈다

산에 들어서서야 비로소 알게 되었다
능선이 제 손 안에 벼랑을 세워들고 있음을
그 마다 낯선 하늘들이 꼭꼭 숨어 있었다
계곡에 야호 소리를 누렇게 풀어 주면
굽이마다 뛰쳐나와 덮쳐오는 험한 벼랑들…
맨살과 뼈대만으로는 날 수 없음을 깨달았다

(『열린시학』 2003년 여름호)

참숯에 관하여

재도 아닌 것이 나무도 아닌 것이
불 속에 살라 없어져야 비로소 불을 뿜어내는
그대는 불의 몸이네, 퍼런 눈빛 가득 숨긴 ―

흙도 아닌 것이 돌멩이도 아닌 것이
검은 빛구멍들로 정수(淨水)시킨 어둠의 힘,
사납게 쇠를 움켜쥐며 맑은 오기 번득이네.

아침도 아닌 것이 저녁도 아닌 것이
빨간 고추 푸른 솔가지를 새끼줄로 갈무리하고
간장독 잘 뜬 메주 위로 하늘 길도 아우르지.

여름도 아닌 것이 겨울도 아닌 것이
변경지대 참나무 숲 그 삼엄한 가마 속을
죽어서 살아나는 그대, 솔개마냥 주려 있네.

(『시조시학』 2005년 상반기호)

매복

철새들 파닥임이 빗금 치는 위성사진,
구부정한 달빛들은 기압골을 배회하고
우울이 네온싸인처럼 시가지를 점령했다.
낌새를 염증인양 결막에 슬어놓으며
적(敵)은 우리네 일상 그 어디쯤 틈입해오나.
매연의 저기압 속에서 선발대는 전멸했고

너절한 기상도를 훌훌 벗어 던지며
위험하게 풍향계 끝을 번득이는 귀뚜라미소리.
일보(一步)도 우리 본대(本隊)는 전진할 수 없었다.
허름한 가옥들이 마른 뼈대 뒤척이는,
예감은 유리해도 전황(戰況)은 늘 불리한 고향,
그 곳은 척후병 통신이 끝내 끊긴 곳이었다.

(『시조세계』 2005년 여름호)

입동주변(立冬周邊)

잿길, 나무하나, 그리고벌건언덕,
들국화알몸줄기꺾어든채노을이감긴다
초라한낙엽행색으로단풍들은숨어있다

망명자기사(記事)들이어깨털며쏘다닌다
더부룩한목구멍으로노래하는누런간판들,
끝없이안테나빼드는, 골목길의안개들,

버려진개턱뼈처럼한해가굴러다니고
갓길에새로돋아난깡통의귀떼기들이
차디찬초겨울풍문을내발치에게워냈다

(『시조세계』 2005년 겨울호)

제5부 허수아비 축제

황해, 간척지에서

1

방파제 색등들이 혼불처럼 손짓한다.
비린내 끈적이는 야릇한 해무에 홀려,
밤비는 먹성이 끈질긴 제 귀 끝을 털고 있다.

2

점묘로 찍어내듯 먼 외항 쪽 무적(霧笛)소리.
쿨룩쿨룩 굽은 시간이 질통에 반쯤 차오르면,
썰렁한 새벽완행열차, 불 꺼진 채 떠났다.

3

길섶에 나이 몇 개 담금질하듯 메쳐 놓고,
우리는 주막구석에 낙서같이 둘러앉아
수십 년 함바 생활을 빈 손 털며 웃었다.

(『전라시조』 제10집, 1993년)

금잔디
— 어느 뫼터에서

잔디 위 아이 하나
햇살을 고르고 있다.
노루잠에 젖어들다,
문득 귀 기울이면,
엄마가 부르는 소리
난 어디에 있었던가.

뗏장이 봉긋 돋은
뫳자락 나무 밑 거기,
마른 풀꽃 풀잎들로
아지랑이 서걱거리며,
골 깊이 개울 거슬러
길은 흘러 드는데

다시 들리지 않을까,
부신 눈 들어보면,
하얀 하늘 새 한 마리
울지도 않는구나.

긴 나절 바람조차 없는
자그마한 무덤 하나.

(『차돌곶이』 제3집, 1995년)

어떤 길

누군가 내게 물었다, 이 길에 끝이 있느냐고,
구태여 가지 않아도 길이란 나기 마련인데,
이 땅에 내리는 빗발을 그냥 맞고 싶냐고.

난 선뜻 대답했다, 끝 있는 길이 어디 있느냐고,
스스로 뻗어나며 살아가는 잿길 묏길인데,
하늘에 치솟는 눈발도 몰아가고 싶다고.

(『文脈』 제4집, 1995년)

섬에 간 그대에게

단 한 번 그 먼 섬에 가보지 못했어도,
뒷동산 오솔길가로 초분(草墳)더미 늘어가는
노후한 목조교사(木造校舍)의 그 넓이를 나는 본다.

등대에 부딪혀 죽은 철새들의 파도소리에
발끝마다 삐걱이며 일어서는 유년의 복도.
재 너머 그대 전학 길의 그 길이를 나는 본다.

그대 무명치마에 깃털처럼 안기던 뱃고동.
뭍의 소요마다 애먼 가슴 울렁이며
치솟던 놀이터 그네의 그 높이를 쳐다보면,

그대 나이의 역수(逆數)로 축소된 운동장에서
겨우 찾아낸 고향은 털 뽑히고 날개 꺾인 채,
내 안에 비벼 들어와, 부리 묻고 눕는다.

개펄에 외대박이 돛배 하나 파묻혀 가는
그 먼 섬에 나는 한 번 가보지 못했어도,

황토빛 귤껍질의 노을, 그 깊이를 헤어 본다.

(『自由文學』1997년 겨울호)

빈 꽃병
— 분출을 기다리며

금이 간 병목까지 화산재가 꾹꾹 쟁여 있지
미처 숙성시키지 못한 용암을 부글거리며
산발한 처녀 얼굴로 숨어 있는 내 노래여

한때의 소줏병 전력(前歷)이 사슬처럼 죄어 오는데
히야신스 잔뿌리털이 부유하는 빈 병실 구석
휴지통 마른 꽃다발은 흰 꽃잎을 치켜들지

박쥐가 출몰할 듯한 습지대의 벽과 벽 사이
쉰 기침을 허파 깊이 눌러 담은 화석 속으로
실핏줄 파들거리며 나비 하나 날아들지

(『현대시조』 2000년 봄호)

불씨

교정의 낙엽 위로 매캐하게 뒤덮인 연기,
일몰에 밀봉되며 모닥불도 스러질 때,
별들은 앞을 다투어 작은 눈을 껌벅였다.

어디서 언제라도 초상(初喪)이 곧 날 것 같은,
벌레마저 제 처소에 숨어든 그 은밀한 밤,
우리는 온 집안을 뒤져 성냥꼴을 찾아냈다.

추위에 곱은 손발이 더는 못 버틸 즈음,
꽃서리를 피워내며 얼어붙던 숯토막이
스스로 끊었던 불기[火氣]를 후후 일기 시작하고

육중한 밤의 멍석이 조금씩 들썩거린다.
지푸라기 줄기에서 되살아난 불길 위로,
이마를 불끈 들면서 일어서는, 아, 모악산 —

(『정신과 표현』 2002년 9, 10월호)

피노리 밤샘
— 벗을 보내며

황혼이 처마 위로 연기를 꼬아 올릴 때,
숲길로 달아났던 버섯터 통나무들은
품안에 씨눈을 숨긴 채 다 쓰러져 있었다.

후두둑 싸락눈이 상가(喪家)를 훑고 간 뒤
국방색 옷차림의 염(殮)꾼이 돌아갈 무렵,
논둑엔 퍼렇게 타드는 인광불이 날았다.

장작을 던져 넣어도 모닥불은 점점 사위는데
이젠 누가 버섯 통나무를 일으켜 세울 것인가
별들은 탄피 뿌리며 동구 밖에 쏟아지고

퉁퉁 부은 눈길 무심코 쳐들어 보면,
곡(哭)소리 끈적거리는 우리네 입김 끝에서
한 웅큼 묏똥자리만 초롱초롱 돋쳐 났다.

(『서정과 현실』 2004년 가을호)

허수아비 축제 · 1
― 추수는 끝나고

옛 꿈을 접어 날리며
일몰도 바람에 지다

연기 깔리는 들에
추억 몇 수(首) 텃새로 뜨면

무위(無爲)는 때처럼 절어와
지평선 한 끝에 서다

산맥이 무등태워 와
길섶에 떨군 하늘

유형지에 별이 지면
이울던 달을 내걸고

상처가 덧 나은 대로
황토 길을 나서다

수수깡 외다리에
공복(空腹)은 감겨 와도

풍우에 벗겨져 온
땅거미로 목숨을 뜨면

인경도 녹을 떼어내며
쉰 목으로 밤새 울다

(『전라시조』 제9집, 1992년)

허수아비 축제 · 2
— 빈들에서

홀로 버림받으리
노을 그 너머까지

안개 속 갈대배처럼
눅진한 꿈을 저어 와

부옇게
티끌을 일며
여린 날개
접는 새

서녘 돌밭 건너
멀리 귀틀집 한 채

뒷뜰 삭정이마다
거멓게 이름을 달고

빈 들을

날밤새우며

살별처럼

흐르리

(『전라시조』제9집, 1992년)

허수아비 축제 · 3
— 낮달/ 해바라기

벌판은 몇 십 리도 못 가 끝장나곤 했노매라
난 아직 들국화처럼 화사한 앉은뱅이로
논물 속 휘어진 낮달을 꺼내 들고 갔노라

강물은 몇 백 리도 못 가 말라붙곤 했노매라
난 아직 가을비처럼 끝없는 광목 끈으로
때 지난 해바라기 꽃을 감싸 들고 왔노라

(『전라시조』 제13집, 1995년)

허수아비 축제 · 4
— 밤안개

우뚝 선 안개 넝쿨, 저 질긴 뿌리를 보렴.
함부로 내지르던 겨울의 발길질 아래,
다져진 논두렁 찰흙을 뒤얽으며 감아 쥔.

저 땅 속 맑은 기갈을 우려낸 입김으로
비에 젖은 적 없어도 빛나는 별무리들은
어둠살 얇게 저미며 성큼성큼 뻗는데

수레에 실려 떠났던 누더기 행렬 속에서,
허연 꽃 지등들을 어깨 너머 뜯어 날리며
네 작은 실신(失神)의 몸을 안고 오는 아우여.

끝내 살아 꿈틀이는 저 억센 넝쿨을 보렴.
둘러 쓴 거적 속에서 흙내를 걸러내고
후끈히 지열을 뿜으며 찬비처럼 일어선.

(『전라시조』 제13집, 1995년)

허수아비 축제 · 5
— 고사목과의 춤을

저런춤이있을까, 물풀처럼흐늘이는. 무서워실눈뜨면, 서로감기는달빛, 우리는저춤사위를찾아몇목숨을버렸던가.

거미줄서슬퍼런자정을휘이넘나들며, 징소리꽹가리소리, 긴꼬리를긋고간다, 우거진방랑의별들을댓잎처럼찰랑이며.

아아, 원륜(圓輪)그리며너훌대는치마폭들. 야산도제오목가슴누르며몸을뒤트는데, 목타는발작의고비, 뻗은팔이떨고있다.

신음을반쯤쏟아내고등뼈만남은몸짓들, 백태가허옇게낀영혼으로나도추었다, 산그늘모닥불길따라난무하는비맞으며.

(『전라시조』 제16집, 1996년)

허수아비 축제 · 6
— 그 해 상강(霜降)

서리가 수선떨며 몰려 와 설쳐대었다.
깔깔한 턱수염으로 땅거미가 볼을 비벼오면,
강물은 하류도 못 가 시커멓게 말라붙고

수상한 발소리들이 풀섶마다 숨어 있었다.
영장(令狀)처럼 꼬깃꼬깃 야산에서 달을 꺼내며,
내 어깨 여윈 살가죽을 잡아채는 소슬바람.

두려운 소문들이 낙지처럼 달라붙어도,
종내 황토밭에 알몸 하나 꽂고 서 있으면,
벌판이 두 손 벌리며 훤칠하게 다가왔다.

(『동방문학』 1998년 4월호)

허수아비 축제 · 7
— 오(烏)

저 놈은 내 머리 위에 한참이나 앉아 있었다.
부르튼 내 양 볼에 여윈 부리 싹싹 문지르고
흥건히 노을을 터트려 이리저리 찌클었다.

망가진 밀짚모자에 박혀 있는 발톱자국.
한 해의 노고처럼 몰려드는 구름장 뚫고
추억을 까악거리며 꾸역꾸역 날고 있다.

(『동방문학』 1998년 4월호)

허수아비 축제 · 8
— 폐옥연가(廢屋戀歌)

밤벌레 한 마리도 깃들지 않는 집터, 다급한 발자국 소리 몇 개 후다닥 말렸다 풀어진다.

내 죽어서도 버티고 서 있을 저 들녘 한 귀퉁이, 북두 칠성은 톱질 대패질 어우르며 불쏘시개처럼 나의 불면 을 뒤적인다. 가옥 신축공사 목조뼈대 사이로 희뿌연한 인부들이 오가며 일을 하고, 구경하는 사람들도 보였다. 난리가 터지고 세상이 몇 번이나 뒤바꿨다. 문득, 몸부 림치는 옆집 처녀의 머리채를 끌고 광으로 들어가는 덩 치 큰 낯선 군인의 뒷모습, 족제비 지나간 듯 노린내가 진하게 풍겼다.

질끈 감은 망막 안으로 만신창이 새 아침이 들어와 앉고, 사변통에 검게 그을린 서까래마다 평생 홀로 산 외삼촌의 밭은 기침소리 너덜거린다. 흙벽과 무너진 돌 담에 총탄자국 같은 오한들이 송글송글 돋아나면, 휑뎅 그렁한 뜰팡에서 먹물 밴 추억으로 수런대는 여름 낙엽 들. 흐드러진 봉숭아 꽃밭에 쓰러져 울부짖다 흐느끼다 잠든 삼촌의 술기운이 카바이트 불꽃처럼 내 목울대 간

지럽힌다. 먼 언덕의 안개들로 수놓은 밤하늘의 안감을
좌악 뜯어내면, 아, 쏟아지는 별떨기들……

　성년(成年)이,　쫓기는　소나기　발소리처럼　곤두서서,
한 무더기씩 내게로 뛰어 왔다.

(『詩人精神』 1998년 겨울호)

허수아비의 노래 · 9
— 금만 평야에서

저 들은 지평선을 발끝으로 밀어내며 풀꽃들로 불길처럼 하늘을 먹어 간다. 끝내 참지 못한 구름들이 시커머지는데……

빗방울 하나 뚝 떨어지자, 총소리 한 방 울리고, 누군가 비명소리. 순식간에 아우성 쏟아내며 긁어대는 기관총 박격포 화포 대포 제트기 폭격소리, 한꺼번에 삼라만상 귓청을 갈갈이 찢어발기고, 온 천하 비산비야(非山非野)를 구겼다 폈다 내던졌다 팽개쳤다 짓밟으며 핏빛으로 들꽃밭을 난리 치면, 희연 들새 떼들이 시뻘건 깃털더미로 우수수 떨어졌다.

별 오만 허수아비들 떼거지로 몰려들어 낫 삽 죽창 쇠스랑 곡괭이 하다못해 맨주먹 짱돌로 풍우(風雨)와 구름들을 치고 받고, 화살 쏘고 칼 찌르고, 부러진 죽창 쪼개진 쇠붙이들 즐비하게 널리다가, 햇불에 휘말려 다시 일어서고, 불화살 쏴 날리며 들풀 위로 채색깃발 휘황한데……

꽃잎들 파르르 떨어지고, 아, 딱딱하고 쬐끄만한 열매
들이 줄줄이 맺히려고, 그 어느 때 없이 다발다발 맺혀
줄기란 줄기 다 휘어지도록 맺히려고, 꽃은 지고, 잎은
피고……

(『自由文學』1999년 봄호)

허수아비의 노래 · 10
— 늦여름 밤의 꿈

그믐이 이랑에서 별빛을 홀짝이며 기침을 폐 안쪽에 꾹꾹 눌러 담는다. 갈아엎은 배추밭에 마른 손을 집어넣고 나는 한참 더듬었다. 물때만 남은 도랑가 한 구석에서 매끄러운 조약돌이 젖살처럼 잡혀 왔다.

멋대로 써 갈긴 듯한 들길 논길 샛길 갓길마다 군용 차량들이 꽁지에 큼직한 먼지포대를 낙하산처럼 매달고 헉헉 지나다녔다. 뻘건 야산들은 초저녁 눈썹달만 봐도, 낮더위 밤더위 늦더위 이른 더위 처먹은 황소처럼, 흰자위 뒤집으며 헐떡거렸다. 가로등 네온빛이 내리쏘며 휘감기어 메치고 당겨 치고 되치고 밀어치는 통에 벼마저 통 익지 않았다. 꼼장어처럼 꼼지락거리는 바람줄기 낚아 채려 컴컴한 골목길이 고양이처럼 덤벼들고 핥아대는 악몽에 잠을 깊이 들 수 없었다. 빈 뼛속 흐물이는 적적한 밤공기 속에서, 난 급기야 달빛의 목 힘줄을 쭈욱 잡아 빼어, 돌팔매 끈처럼 손목에 질끈 감은 다음, 서 있는 가로등마다 돌을 매어 던져 깨버리는 순간,

오 나는, 꿈 속 벼랑길을 헛디디며, 비명처럼 몽정
을 했다.

(『慶南文學』 1999년 가을호)

허수아비의 축제 · 11
— 초겨울비

비 맞은 화상이더냐, 물 빠진 몰골이더냐.
봐 하니 탈바가지요, 듣자 하니 깡통소리더니,
길조차 나지 않는 들을 들쳐 메고 뜨는구나.

입동의 무서리가 볏단 끝을 뜯어 발겨도,
간밤에 얼어 터진 꿈, 뭉텅뭉텅 떨어져 나가도,
늬네는 서 있어야 해, 뻣뻣해진 외다리로.

덜덜덜 치를 떨며 쥐난 두 팔 계속 쳐든 채,
자갈밭 진수렁을 두루 거친 만신창이라도,
바지에 오줌 적시며 비틀비틀 버텨야 해.

봐하니 짚더미요, 듣자하니 헝겊소리니,
이슬 맞은 풍신이더냐, 서리 맞은 등신이더냐.
어디로 우당탕우당탕 떠나간단 말이냐.

(『시조세계』 2003년 겨울호)

신(新) 현대시조 선언
— 밀레니엄 시조를 위하여

사람에게 자기 민족 고유의 정형시가가 있다는 것은 얼마나 다행이며 자랑스러운 일인가. 그러나 작금의 문학사조는 바야흐로 산문의 시대에 진입해 있으며, 일개 자유시가 '시 장르'를 독점하다시피 하고 있는 실정이다. 또한, 그간의 군사 독재와 그 아류 정권은 정권의 불법성 및 정신문화에 대한 태생적 무지를 호도하기 위하여, 온 국민의 관심사를 정치 경제 일변도로 몰아 왔고, 그 결과 인문학을 비롯하여 민족의 주체성을 고취시키는 전통 문화를 상대적으로 억압해 왔음은 주지의 사실이다. 그리고 무분별하게 유입된 서구 문물과 그 가치 기준이 우리 고유의 미학 기준을 전도시켜, 말초적 본능을 자극하는 천박한 향락 문화의 흥성을 야기하였다. 이러한 한심스러운 풍조들이 유일한 전통 민족 문학인 '시조'에도 급기야 해악을 끼쳐, 시조 자체에 대한 평가절하 및 존폐 여부까지 거론되기에 이르렀다. 이러한 위험한 현실을 직시하게 된 우리는 전래의 시조 문학을 계승 발전시켜, 세계적인 문학 장르로 발흥시켜야 한다는 사명감에 외로이 깨어 있고자 한다. 그러한 지고지순한 동기를 바탕으로, 아래와 같이 우리의 시조 문학의 노선을 설정하여 제창하는 바이다.

첫째. 우리는 '시조시인'이라는 칭호를 거부한다. '시조시'라는 말은 없기 때문이다. 영어의 시인(Poet)이란 말도 영미 정형시 소네트를 쓰는 시인과 자유시를 쓰는 시인을 굳이 구별하지 않는다. 시조시인이라는 용어는 현대 시문학에 있어서 시조를 차등화 내지는 격하시키려는 수상한 의도를 반영한다. 우리의 '시'에는 1) 정형시[즉, 시조]와 2) 자유시가 있다. 소네트가 지닌 세계적 명성이 주로 그 언어권 사람들의 줄기찬 사랑과 긍지에 기인한다고 볼 때, 그렇게 하지 못하는 우리 언어권의 반(反) 주체성을 혐오한다. 그러므로 '자유시인'이란 용어가 쓰이지 않는 한, 우리는 주체적인 '시인'으로 불리기를 원한다.

둘째. 시조 형식의 유연한 신축성을 신뢰하며, 가람 이병기 선생의 시조형식론을 따르고자 한다. 일본 정형시를 판 박은 7. 5조의 일부 자유시가 아직도 교과서에 실려 음송(吟誦)되고 있는 현 상황을 개탄하면서, '3. 4조 자수 맞추기' 식의 왜곡된 교조주의적 이론에 구태여 집착하지 않는다. 그러한 왜식(倭式) 발상은 시조 문학의 탄력성을 해칠 수 있다. 전래하는 고시조 대부분이 그러한 고정적인 틀과 무관함은 이미 학계에서 밝혀진 사실이다. 가람 선생의 시조형식이 수많은 고시조 형식의 최대공약수임은 재차 언명하는 바이다. 우리는 내용이 곧 형식이라는 내용—형식의 일원론(一元論)을 신봉하면서, 이러한 유연한 시조의 운율을 통해, 형식과 자유가 절묘하게 어우러지는 우주의 경지를 열어 보이고자 한다.

셋째. 우리는 음풍농월과 화조풍월의 세계를 가능한 한 지양하고, 현대 사회의 모든 부면에 그리고 남성적 시조미학을 담은 '동편제적 음조'에 지대한 관심을 둔다. 우리는 문학의 대중성을 신봉하나 그 경박성을 경계하며, 그 보편성을 지지하나 그 천박함을 조롱한다. 우리는 예술행위가 당대 세계관의 반영이자 사회적 산물이라고 믿는다. 구(舊)서정의 요람 속에서 치기(稚氣)를 부리며 시대를 역행하는 반동적이고 전근대적인 시조관을 감히 질타한다. 여기에는, 반드시 창(唱)을 전제해야 한다는 고(古)시조 논리와 의고주의(擬古主義), 편협한 자연 친화, 자아도취에의 함몰, 나약한 감상주의 및 무분별한 여성 취향 등 치졸한 병폐적 낭만주의가 모두 포함된다. 그러한 생각의 저변에는 시문학의 현대성에 대한 인식 부족이 분명 깔려 있으므로, 그것은 시조의 찬란한 미래를 꺾는 수구적 발상이라 하지 않을 수 없다. 우리는 '사상을 장미 향기처럼 그려내는' 시조 짓기를 시도하여, 참신한 신서정(新抒情)의 세계 및 인생의 사회학적 제반 조건들에 지대한 흥미를 갖는다. 여기서 '신서정'이라 함은 희로애락 등 인간사와 자연 제반의 서정을 노래함에 있어서 구태의연하고 진부한 방법을 탈피하여, 예컨대 정신주의적 시각과 같은, 참신한 관점에 의해 창조해낸 신생(新生)의 서정을 말한다. '인간의 사회학적 조건들'이라 함은 탈인간화가 가속되는 현 시대적 사회상황, 다시 말하면 정치, 과학, 산업 등의 분야에 있어서 인간사의 어둡거나 밝은 모든 측면들, 또는 억눌리거나 부속품화 되어 가는 인간 군상들의 실존 현상을 망라한다. 우리가 갖는 시대적 아픔과 사회적 관심사의 문학적 형상화는 '시절가조(時節歌調)'라는 본래의 의미를 회복시키는 지름길인 것이다.

넷째. 우리는 간명한 평시조, 진정한 장시조(엇시조와 사설시조), 휘황한 연시조 등에 골고루 관심을 갖는다. 한 작품 내에서 그러한 양식들을 복합적으로 어울려 쓸 수도 있다. 우리는 이러한 관심이 시조의 찬란한 전통을 계승시켜 세계적인 단계로 올려놓기 위한 주요 방법론의 하나로 생각한다. 특히, 장시조는 장차 시조 문학의 새로운 길을 열어 가는 주요 관문이 되리라 확신한다.

다섯째. 우리는 소극적인 전통관을 거부하고, 적극적인 전통관을 지향한다. 가령 어떤 옛 탑을 단순히 보관만 잘 하는 것이 전통에 대한 우리의 의무라고 생각하지 않는다. 그러한 왜곡된 전통관은 필연 모든 전통 예술의 맥

을 끊는 단절행위를 야기한다. 유무형의 모든 문화유적
들을 잘 보존하는 것뿐만 아니라, 그 단점을 보완하고 그
장점을 계발시켜, '새로운 예술의 탑'을 창조하는 것이
바로 건전하고 적극적인 전통관이다. 그러한 참된 전통
관에 의거하여, 우리는 '제4의 시조형식'이 생겨날 시기
가 도래하고 있음을 예지한다. 지금은 장담할 수 없어도,
미구에 언젠가 천재적인 후배(들)에 의하여 창조될 그러
한 창조적 시조 형식의 토대를, 온갖 위험을 무릅쓰고,
감히 우리가 놓고자 한다. 전래의 전통에 뿌리를 두면서
그 전통을 키워 나가 새로운 전통의 가지를 확립하려는
역사적 사명감으로 그렇게 하고자 한다.

여섯째. 우리는 시조문학의 진정한 현대성으로 전근대
적인 시조들과 차등화를 기하고자 한다. 근대 시문학의
현대성은 어떻게 획득되었는가? 1914년 이후 급변하는
세계의 다양한 정치 사회적 상황, 과학문명의 무분별한
과잉 발전, 이기적이고 탐욕적인 소비성 산업사회의 성
장, 극단적인 생태학적 이론의 발전, 그로 인한 인간성의
참담한 상실 등으로 인간의 전통적 가치 기준이 전도되
고, 그로 인한 인간의 정신적 공백이 극대화된 시대 상황
속에서, 현대시는 비로소 태동하지 않았던가. 한때 허망
한 정치 경제의 이념들이 그 정신적 공백을 일부 메우기
도 했으나, 문학에 있어서, 당시 세계의 현대시는 프랑스
의 상징주의 시들, 영국의 형이상학파 시, 동양의 시에

그 기원을 둔 이미지즘, 주지주의, 심리 및 신화 비평, 대화체 일상 언어의 시어화(詩語化), 기타 모더니즘 등의 영향 아래 지난한 통과의례를 거치면서, 비로소 그 위상을 확보할 수 있었다. 우리는 진정한 시조의 현대성을 확보하고 새로이 개척해 나가기 위하여 그러한 여러 현대 문학의 제반 특성들을 기꺼이 수렴, 진보시켜 나가고자 한다. 때로는 지대한 사회학적·생태학적 관심사로, 때로는 친숙한 일상 언어로부터 심오한 언어철학에 이르기까지 언어의 세계 전반에 대한 추적과 사냥으로, 때로는 자동기술(自動記述) 등과 같은 여러 초현실주의적 기법이나 포스트모더니즘 기법으로, 때로는 고난도 은유법, 의인법, 상징, 아이러니 및 알레고리 등의 기상(奇想, conceit)을 망라한 형이상학적 수사법으로, 때로는 언어 자체의 실험적인 조합과 유희 등으로 우리의 집요한 시조적 관심을 표방할 수도 있다. 그리하여, 해학과 익살과 요설과 풍자의 경지를 넘나들고, 패스티쉬와 펀과 패러디의 깊이를 드나들 것이며, 심지어 가능하다면 시조 형식의 발전적 해체와 새로운 4차원적인 시조 형식의 창조에 이르기까지, 다양한 실험행위도 가리지 않을지 모른다. '험난하고 비뚤어진 세상에서는 차라리 이단을 택하는 것이 나을지도 모르는 것이다.' 이것이 위대한 언어예술인 현대 시조의 힘이다. 우리는 이러한 현대시의 제반 특성에 대한 섭렵 과정 자체를 목표로 삼지 않는다.

이러한 과도기적 실험과 시도들을 숙지하고 달관해 나가는 험난한 연장선상에서, 그 숱한 역경을 딛고 현대 시문학을 선도해 감으로써 장차 만발하게 될 '세계 문학으로서의 시조'라는 찬란한 미래를 우리는 목표로 하고 있는 것이다.

일곱째. 우리는 시조의 드높은 세계화를 위하여, 먼저 시조에 관한 다양한 연구와 이론 확립 및 작품 평론이 더욱 더 활성화되기를 바란다. 문학이란 창작과 평론의 쌍날을 지닌 검임을 인식하고, 예리한 비평이 시조문단에 발흥되기를 기대하면서, 우리는 이러한 비평의 활발한 진작(振作)에 직·간접적으로 관여하고자 한다. 현 시조 문학의 처지는 어쩌면 일차적으로 시인 당사자들의 몽매함에 의한 소산인지도 모른다. 우리는 일부 안면치레나 아첨 위주의 평론을 사양하며, 무식한 마구잡이 식 칼부림은 더더욱 거부하면서, 제반 문학 이론의 습득과 실천에 가열찬 연찬(研鑽)을 거듭함으로써 안이한 시조문단에 충격을 가할 것이며, 시조 문학의 새로운 지향노선을 끊임없이 열어 보이고자 한다.

지금이 어느 시대인가. 우리 같은 새내기가 나서서, 이러한 때늦은 각성을 다시 촉구해야만 하는 현 상황을 슬퍼하면서, 우리는 일부 시인들의 현대성에 대한 무지와 몰이해를 충혈된 눈으로 노려본다. 이 땅의 지기(地氣)를 받고 사는 사람들이라면, 유일무이한 전통 민족 문학인 시조에 대한 본분을 태만히 한 점에 있어서, 그 어떤 시대적 암울함과 생계의 처절함도 변명이 되지 못할 것이다. 그 어느 핑계나 이유도, 시조문학을 퇴보시킨 역사적 전통적 시대적 과오로부터 자유롭게 해주지는 못할 것이다. 우리의 이러한 희생적인 각성에 대해 장차 있을지 모를 그 어떤 저항도 경멸하면서 엄중히 경고한다. 그러나 우리는 때로 기뻐하며 감사한다. 이러한 현대 시조의 자리 매김을 위하여 누구도 모르는 문학적 고행을 겪어온, 그리하여 우리로 하여금 이러한 만용을 부릴 수 있도록 고귀한 토대를 놓아준, 일부 선배 시인들이 있음에 대하여. 그 대열의 첫 머리에, 혁명적인 현대 시조의 초석을 다진 가람 이병기 선생을 거명하게 됨을 기뻐한다. 그를 기점으로 하여 도도히 뻗어 내려온 그 줄기와 맥의 매듭들마다, 생각만 해도 흐뭇한 몇몇 아름다운 이름들이 맺혀 있음을 기뻐한다. 우리가 그들의 시조 세계를 온전히 따르지는 않는다 해도, 적어도 현대 시조에 대한 그들의 혁신적 애정을 존경한다. 그리고 그들을 이어받아 감히 미력하나마 현대 시조를 계승 발전시키는데 일조 하고자 한다. 우리는 그 선배들을 우리의 옥상으로 여기지 않는다. 우리의 문학적 경지인 옥상으로 올라가는 도상에서, 그들은 우리가 발로 디디고 넘어가야 할 층계에 불과할 뿐이다. 우리 모두 역시 '현대 시조 문학의 옥상'으로 가고자 하는 의욕적이고 사랑스러운 후배들의 섬돌이나 희생제물이 기꺼이 되고자 한다.

우리는 현재 우리를 버텨나가게 하는 힘의 유일한 원천이 그러한 희생정신과 겁 없는 혁명정신뿐임을 안다. 참다운 현대 시조의 가시밭길로 매진하려는 이러한 하찮은 시도가 '도도한 21세기 밀레니엄 시조 문학의 대하(大河)'를 위한 끈덕진 실개천이기만 한다면, 우리는 더 이상 바랄 것이 없다. 바로 그러한 간절하고도 가련한 심정으로, 아직은 의욕뿐인, 참으로 어설픈, 이 선언문을 세상에 도전적으로 내놓는 바이다. 아, 우리의 눈에 훤히 보이지 않는가? 일개 한시(漢詩), 하이꾸, 소네트 등이 부딪쳐 차마 넘지 못하고 있는 참혹한 한계의 벽을 우리의 시조는 거뜬히 넘어가, 크고 두려운 광야를 종주 하여, 절대 온도의 혹한과 빙벽과 눈사태와 고산증세와 기갈과 절대 고독을 이기고 마침내 정복하고만 문학적 경지의 산정이!

나는 1997년 말경 이 글의 초안을 집필하면서, 90년대 출신 시인들로 결성된 한 동인회의 의견을 모으고자 시도하였다. 그 중 몇몇 찬동자들도 있었으나, 모두의 의견 합치를 이끌어내는 데는 실패하였다. 그 실패는 나에게 마치 자살 기도가 실패했을 때와도 같은 느낌을 주었다. 좌절과 은밀한 안도감이 뒤섞인 그러한 느낌…. 여하튼, 나는 그 아름다운 모임을 깨고 싶지 않아, 스스로 탈퇴하고 말았다. 그리고 이 글을 다듬으며 또 다른 기회를 호시탐탐 노렸다. 얼마의 우여곡절 끝에 이 글을 나의 첫 시집 말미에 넣기로 하였다. 일개 문학도로서 나는 시기적으로 시조의 현대성에 대한 각성을 촉구해야 할 의무감을 억제할 수 없었다. 이러한 주장의 일부는 이미 일부 선배 시인들에 의하여 단편적으로 있어 왔다. 단지 나는 내 자신의 평소 소견과 더불어 그러한 주장들을 체계적으로 총체화시킴으로써, 진정한 현대 시조의 노선을 정립하여 제시하고자 할 뿐이다. 뜻이 있는 시인들은 단결하리라 믿는다. 그러한 기대감에서 "편집자의 '우리'"(Editorial 'We')를 사용하였다.

'뫼비우스의 띠'의 추억
—시집 평설을 대신하며

장순하

'창작은 창조다' 하면 무슨 헛소리냐 하겠지만, 창조적 자각으로 창작에 임하는 예술인은 별로 흔하지 않은 것 같다. 그 중에서도 전통 어쩌고 하는 넋두리를 앞세우는 시조 세계에서는 특히 그렇다.

그러니까 13년 전, 이 시집의 저자 정휘립(鄭輝立)씨의 데뷔작이라 할 「뒤틀린 굴렁쇠 되어」를 조선일보 신춘문예 응모작으로 처음 읽고 나는 감전사하는 줄 알았다. 어떻게 전율이 컸던지 손이 다 부들부들 떨렸던 기억이 새롭다.

그때만 해도 응모작의 대다수는 그 제재가 '분단(分斷)'이나 '산사(山寺)' 아니면 '난초' 등이었다. 해마다 지

겹도록 쌓이는 그런 휴지 더미 앞에서 아무리 악을 써도 그 버르장머리는 끈질기게 꼬리를 물고 이어져 왔다. 그 무렵 그 가랑잎 더미 속에서 '뫼비우스의 띠'를 발견했으니 아니 그랬겠는가.

이른바 삼라만상이 예술의 '거리'[소재] 아닌 것 없으니 수학적 인식이라고 물론 예외일 수는 없다. 산술적 관념 정도라도 그게 시가 되겠느냐 할 사람이 지금도 있을 법한데, 기하학적 고등수학의 술어가 시조라는 보수적 성향의 시 속에서 고개 빳빳이 치켜세우고, 어쩌면 천둥에 개 뛰듯 튀어 나왔으니 시조의 다양성을 목마르게 부르짖어 온 나조차도 기절초풍하지 않을 수 없었던 것이다.

이 지극히 관념적인 명제가 모순당착에 찬 인생의 숙명적 실상이라는 화려한 형상의 날개를 달고 매너리즘에서 헤어나지 못하는 우리 시조단에 훨훨 나는 장관을 펼쳐 보여준 것이었다.

나는 당시에나 지금이나 그 「뒤틀린 굴렁쇠 되어」를 우리 시조사의 한 기념비적 작품으로 지목하여 서슴지 않는 것은 주위의 눈치를 보지 않고 독창적 신념에 충실한 그 창조 정신이 시조의 시세계 확충에 크게 이바지하는 첫발이 되었다고 믿기 때문이다.

다만 당시 내가 저어한 바는, 영문학자인 그가 일과성으로 스쳐 가지 않고 끝내 시조의 등불잡이로 나서 줄까

하는 기우였다. 그러나 그는 우리의 기대를 저버리지 않고 오늘날까지 시조 창작에 정진해 와서 지금 이렇게 빛나는 시조집을 내고 있고, 또 시조 평론에도 새로운 영역을 열어 가고 있으니 이는 실로 우리 시조단의 경사라 할 만하다.

석물을 춤추게 하는 석공

그런 그가 십 수 년을 참아 오다 무슨 바람인지 창작집을 낸다고 한다. 여기서 내가 '작품집'이나 '시조집' 등 흔히 쓰이는 용어 대신 굳이 '창작집'이라 한 데는 이 작품들이 딴 유서들에 비해 창조 정신이 보다 더 강렬하다고 보았기 때문이다.

작품 「황등리 채석장에서」에는 '폐석 더미 속에서 석물을 쪼아 슬슬 일어서서 춤추게 하는' 석공(石工)이 표현되어 있다. 이 석공은 물론 창작에 임하는 저자의 자화상이다. 그리고 보니 위에서 언급한 신춘문예 당선 소감의 머리 부분이 또 생각난다.

"천신만고 끝에 구해 온 집채만한 화강석. 깎고 다듬다 보니 결국 남은 것은 손톱만한 인형 하나뿐이었다. 주위에 즐비하게 쌓인 폐석 더미를 어떻게 여길 것인가."

집채만한 화강석을 깎고 다듬어 손톱만한 인형 하나 얻는 치열한 창조 정신은 그의 시집 전편을 깔고 앉은 초석이다. 그의 작품 여기저기서 산견되는 '돌'이나 '자갈'들도 무의식적 의식의 발현일 것이다.

'다리 잘린 풍뎅이처럼', '엷은 은박지마냥', '진한 내 출혈 같은 그리움' 등의 직유(直喩)가 작품 「나방」 외에는 거의 보이지 않는다. 이것은 그의 전작이 손쉬운 방법을 억제하고 은유(隱喩)나 상징(象徵) 등 고급 수사(修辭)의 기법을 의식적으로 구사하고 있음을 뜻한다. 그러다 보니 그의 작품은 자연 난해성을 띠게 된다.

우리는 어떤 예술 작품을 대할 때 흔히 이해하려고 들고 얼른 이해가 되지 않으면 난해라 하여 경원해버리기 쉽다. 특히 미술 작품에서 그렇다. 시조도 고시조나 순수 서정 시조 같이 시어가 명징하면 곧 이해가 되지만 기교가 고도화하면 그만 외면하고 만다.

물론 독자의 예술적 수준의 차가 있어 일률적으로 분간해 버리기 어렵지만, 예술은 '이해(理解)의 대상'이 아니라 '감수(感受)의 대상'이라는 큰 원리에서 보아야 할 것이다.

그는 시상이나 수사에서 진취적 성향을 띠고 있으면서도 표현 형식에서는 시조 정형을 지켜 파격을 피한다. 「매(梅)」와 「나방」 등에서도 사설(辭說)의 틀을 충실히 지키고 있어 독자를 안도케 하였다.

작품에 대해서는 정녕한 해설자가 나설 것 같으니 주
제넘은 군소리 여기서 접고, 다만 저자 정휘립 씨의 창성
한 문운을 빌며 졸필을 놓는다.

정휘립 연보

1955년 전주에서 출생

1992년 <자유문학> 신인상 시조부문에 당선한 후,

1993년 조선일보 신춘문예 시조부문 및

1994년 서울신문 신춘문예 시조부문 등에 당선하였고,

2001년 <시조시학>에 문학평론이 당선하였음.

2002년 제21회 중앙시조대상 신인상을 수상하였으며,

2002년부터 <시조시학> 등에 편집위원으로 활동 중.

현재 전북대학교 영어영문학과 출강.

주소: 560-788 전주시 완산구 평화동 1가 일성아파트 105동 101호

E-Mail: hwr-jeong@hanmail.net

참고문헌

1. 중앙일보 1991년 11월 3일자 (9쪽)

2. <自由文學> 1992년 가을호 (294, 295쪽)

3. 조선일보 1993년 1월 5일자 (14쪽)

4. 서울신문 1994년 1월 6일자 (17쪽)

5. 중앙일보 1994년 1월 5일자 (13쪽)

6. <현대문학> 1996년 7월호 (418~421쪽)

7. <시문학> 1997년 2월호 (151~152쪽)

8. <열린시조> 1997년 봄호 (75쪽)

9. <月刊文學> 1998년 2월호 (144쪽)

10. <時調韓國> 1998년 겨울창간호 (282~284쪽)

11. 『90년대 우리시 신춘문예 당선시집』(태학사, 1999, 362~364쪽)

12. <정신과 표현> 2001년 봄호

13. <현대시> 2001년 5월호 (213~214쪽)

14. <月刊文學> 2001년 8월호 (469~470쪽)

15. <현대시> 2002년 6월호 (268~270쪽)

16. <전주문학> 제13집 2002년 (343~345쪽)

17. 중앙일보 2002년 12월 17일자 (14쪽)

18. <시조세계> 2003년 봄호

19. 전북중앙신문 2004년 8월 7일자 (9면)

20. <서정과 현실> 2005년 상반기호

21. <季刊 韓國詩學> 2005년 겨울호 (366~367쪽)